Levels of Life

Julian Barnes

人生の段階

ジュリアン・バーンズ

土屋政雄 訳

CREST BOOKS
Shinchosha

目　次

LEVELS OF LIFE

by

Julian Barnes

First Japanese edition published in 2017 by Shinchosha Company

Japanese translation rights arranged with Julian Barnes

c/o Intercontinental Literary Agency Ltd. acting in conjunction with

United Agents, London through Tuttle-Mori Agency, Inc., Tokyo.

Photograph by EyeEm/Getty Images

Design by Shinchosha Book Design Division

人生の段階

パットへ

高さの罪

組み合わせたことのないものを二つ、組み合わせてみる。それで世界が変わる。誰もそのとき気づいていなくてもかまわない。世界は確実に変わっている。

一八八二年三月二十三日、英国近衛騎兵隊大佐にして王立航空協会評議員のフレッド・バーナビーがドーバー・ガス社の工場敷地から飛び立ち、イギリス海峡を越えてフランスのディエップとヌフシャテルの中間辺りに降り立った。

その四年前、サラ・ベルナールがパリの中心部から飛び立ち、セーヌエマルヌ県のエムランビル近くに舞い降りた。

さらにさかのぼって一八六三年十月十八日、フェリックス・トゥルナションがパリのシャンドマルス公園から飛び立ち、強風で東に十七時間流されたあと、ドイツ連邦ハノーファー近くの線路わきに落下着陸した。

フレッド・バーナビーは単独で飛んだ。縞柄の上着を着てスカルキャップをかぶり、幅一・五メートル、奥行九十センチ、深さ九十センチの小さな籠に百十キロの巨体を収めた。キャップにハンカチを巻きつけて後ろに垂らしたのは、直射日光から首を保護するためだ。赤と黄に塗り分けられた気球の名はエクリプス(日食)号。持ち込んだものはビーフサンドイッチ二切れにアポリナリス水一瓶、高度測定用の気圧計に、温度計、磁気コンパスと、飛行中足りるだけの葉巻何本か。

女優サラ・ベルナールは恋人の画家ジョルジュ・クレランを伴い、プロ飛行士の操るオレンジ色の気球に乗り込んだ。気球の名は、ベルナールがコメディ・フランセーズで演じていた役の名をとってドニャ・ソル号とした。離陸して一時間後、夕方六時半、女優は空中でままごとのお母さん役を演じ、フォアグラのオープンサンドをつくった。飛行士がコルク栓を宙に飛ばしてシャンパンを開け、ベルナールは銀のゴブレットで飲んだ。三人でオレンジを食べ、空になった瓶をバンセンヌの森の湖に放り込み、上空にいる優越感に衝き動かされるままに、地上を這い回る生き物の頭上に、二度、楽しげに砂袋を投げ落とした。最初は七月革命記念柱のバルコニーにいた旅行中のイギリス人家族に、二度目は結婚式列席後に田舎のピクニックを楽しんでいた一団に。

トゥルナションはつねづね、究極の気球を夢想していた。途方もないサイズのやつ、現存する最大の気球の二十倍はあるやつ、そんなのをつくらせて乗ってみたい……。その夢はルジアン（巨人）号として結実した。一八六三年から六七年にかけて、ルジアン号は五回空を飛んだ。二回目の飛行では、トゥルナションのほかに妻エルネスティーヌ、気球製作を担当したゴダール兄弟のうちルイとジュール、熱気球の本家モンゴルフィエ家の子孫一人など、八人の同乗者がいた。どんな食べ物が持ち込まれたかは記録にない。

これが当時の気球階層の主要な面々だった。熱心なアマチュア飛行家のイギリス軍人は、「気狂乗り」と笑われるのをむしろ喜び、宙に浮かぶものなら何にでも乗りたがった。当時のヨーロッパでもっとも有名だったフランス人女優は、セレブ飛行を実践してみせた。フランスの職業的気球乗りは、商業的企てとしてルジアン号を飛ばした。ルジアン号の初回飛行には二十万人の見物人が集まり、そのうち十三人が千フランずつ支払って、乗客となる権利を得た。ルジアン号のゴンドラは、いわば籐細工の二階建てコテージで、休憩室、ベッド、トイレはもちろんのこと、写真の現像室や印刷室まで備え、その場で記念アルバムが作れるようになっていた。

ゴダール兄弟の活躍ぶりも目覚ましかった。ルジアン号を設計し、製作し、フランス国内で二回飛ばしたあと、ロンドンに運んで、万国博会場の水晶宮で展示した。ほどなくゴダール兄弟のもう一人、長兄ユジェーヌがさらに大きな熱気球を登場させ、ロンドンのクレモーン庭園から二度飛ばしてみせた。これの容積はルジアン号の二倍あり、藁を燃やすための炉と煙突を加えると、総重量が四百四十五キロあった。ロンドン初飛行のとき、ユジェーヌは料金五ポンドをとって一人のイギリス人を乗せた。それがフレッド・バーナビーだった。

どの気球乗りも、臆面もなくお国柄をさらけ出した。たとえば、バーナビー。イギリス海峡の上空を飛行中、考え事をするために「気球から漏れ出すガスのことも忘れて」葉巻に火をつけた。二隻のフランス漁船から、助けてやるからさっさと着水しろと呼びかけられると、「フランス人の蒙を啓《ひら》くため、タイムズ紙を落としてやる」ことで応えた。おそらく、イギリス軍人はいかなる難局も独力で切り開けるから心配無用、だがメルシーだ、ムッシュ、とでも伝えたかったのだろうか。サラ・ベルナールはなぜ気球に惹かれるかを尋ねられ、「夢見がちな性格で、いつももっと高くを望んでいるからでしょう」と、理由をみずからの気質に求めた。短い飛行のあいだ、ベルナールには座面を藁で編んだ簡単な椅子があてがわれていた。体験談を出版するにあたって、ふと思いつき、その椅子を主人公にして飛行体験を語らせることにした。

気球乗りは天空から降下すると、まず平らな着地面を探し、バルブ紐を引いて、フックのついた錨を投げ落とす。フックがすぐに地面をとらえるとはかぎらず、落ち着くまでに気球が十四、五メートルも空中に跳ね返ることがある。着地すると、地元民が群がり集まってくる。フレッド・バーナビーがモンティニー城付近に着陸したときは、好奇心の強すぎる男が一人、しぼみかけた気球に頭を突っ込んで、あやうくガスで窒息しかかった。集まった人々は、ガスを抜き、気球を折り畳む作業を喜んで手伝った。「フランスの貧しい労働者はイギリスのお仲間よりずっと親切で礼儀正しい」とバーナビーは感想を述べている。お礼として半ソブリン金貨を渡したのはいいが、その際、ドーバー離陸時の為替レートをつい言い添えずにいられなかったところが、いかにもイギリス人らしい。その晩は、バルテルミ・ドゥランレという親切な農夫の家に泊めてもらうことになった。まず、マダム・ドゥランレの心づくしの手料理が出た。玉葱入りのオムレツに、栗を添えた鳩のソテー、野菜、ヌフシャテルチーズ、林檎酒、ボルドーワイン、コーヒー。食事のあと村の医者が訪ねてきて、村の肉屋もシャンパン持参でやってきた。バーナビーは暖炉の前で葉巻をくゆらせながら、「気球で降りるなら、断然、エセックスよりノルマンディだな」と思った。

気球がエムランビル近くに降下したとき、追ってきた農夫らは、中に女がいるのを見て目を丸くした。どの舞台でも常に華やかに登場するベルナールだが、ここまで派手な登場のしかたはかつてなかったろう。もちろん、女が誰であるかはすぐにわかり、農夫らは、こんな村にも劇的出来事があることを語って女優をもてなそうとした。つい最近、まさにこの場所で（あなたがすわっている――正確には、聞き手であり語り手である椅子が鎮座している――その場所で）ぞっとするような殺人事件がありまして……。やがて雨が降りだした。スリムな体型で知られた女優は、自分は細すぎて雨粒の間をすり抜けてしまうから濡れない、と冗談を言った。型どおり心付けを配ったあと、パリ行きの最終列車に間に合うよう、気球と一行は農夫らに付き添われてエムランビル駅に向かった。

危険であることはみなが承知していた。フレッド・バーナビーは離陸直後にガス工場の煙突にぶつかりそうになったし、ドニャ・ソル号は着陸直前に森に突っ込みそうになった。ルジアン号は線路わきの地面に墜落して、経験豊富なゴダール兄弟だけは寸前に飛び降りて無事だったが、トゥルナションは脚を骨折し、その妻は首と胸に怪我をした。ガス気球には爆発がつきもので、熱気球はいつ火事になるかわからない。離陸にも着陸にも毎回危険がつきまとう。大きければ安全というものでもない。大きいほど風の影響を受けやすいのは、ルジアン号の例からも明らかだ。海峡横断を試みた初期の気球乗りの多くは、海上への不時着にそなえ、コルク製の救命胴着をつけていた。実用的なパラシュートはまだなかった。気球飛行が揺籃期にあった一七八六年八月、気球係留用のロープを引いていた若者の一人が、百メートル以上もの上空から墜落して死んだ。急な突風で気球があおられたとき、ほかの仲間はみな手を放したのに、この若者だけがロープにつかまりつづけ、そして空中に持ち上げられて、地上に落ちた。ある近代史家によると、「衝撃で両脚が膝まで花壇に突き刺さり、内臓が破裂して地面に飛び散った」という。

気球は新時代のアルゴ船、気球乗りこそ新時代の冒険者だった。その冒険は逐一記録され、気球が町や国を結ぶ力となった。気球でイギリスとフランスが結ばれ、気球でフランスとドイツが結ばれた。気球は悪いものを運んでこない。その着陸は見る者の心に純粋な興奮を掻き立てる。ノルマンディのバルテルミ・デュランレ宅の暖炉わきでは、村の医者が全人類の友愛に乾杯しようと提案し、バーナビーと新たな友人たちがグラスを打ち合わせた。ただ、こんなときでも、君主制が共和制に勝る理由を説かずにいられないのがイギリス人バーナビーだ。そもそも当時の王立航空協会は会長がアーガイル公爵で、副会長職もサザーランド公爵、ダファリン伯爵、下院議員リチャード・グローブナー卿の三人で占められていた。貴族の組織だ。一方、トゥルナションが設立したフランスの航空協会を見ると、そこで目立つのは作家や芸術家だ。ジョルジュ・サンド、デュマ父子、オッフェンバックなどの名が見える。組織はもっと民主的で、会員には一般有識者が多かった。

気球で飛びまわることは自由を意味した。ただし、それは風向きや天候に左右される自由だ。気球が動いているのか止まっているのか、上昇しているのか下降しているのか、乗っている本人にすらわからないことがよくある。最初のころは羽根を一つかみ放って、それが上へ行けば気球は下降中、下へ行けば上昇中と判断していた。バーナビーの時代には、羽根でなく裂いた新聞紙を使う程度には進歩していたが、バーナビー自身はそれで満足できず、水平方向の進み具合も測りたくて自力で速度計を発明した。紙製の小さなパラシュートに四十五メートルの絹の紐を取りつけ、そのパラシュートを外に放って、紐全体が繰り出されるまでの時間を計る。全体が七秒で繰り出されれば、それが毎時二十キロメートルほどの速度に相当した。

勝手気ままな風船とそこにぶら下がる籠をどう操ればよいか。気球の発明から一世紀のあいだ、さまざまな試みがあった。方向舵と櫂がためされ、ペダルと車輪で扇風機を回す試みもあったが、どれもたいした効果を現さなかった。形状が鍵だろう、とバーナビーは考えた。

全体を管状か葉巻状にして、それを機械的手段で推進することこそ進むべき道ではなかろうか……。この見通しの正しさはやがて証明されることになる。当時から人々のあいだでは——イギリス人とフランス人、保守主義者と進歩主義者の別を問わず——飛行の未来は気球ではなく「空気より重い機械」にあるだろうという見方が一般的だった。気球を語るうえで欠かせない人物のトゥルナション自身が、一方では「空気より重い機械による空中移動を推進する会」の設立者という顔を持っていた。会の初代書記にはジュール・ベルヌがついた。ビクトル・ユゴーも熱心な推進者の一人で、「気球は空を漂う美しい雲のようだが、人類が必要としているのはむしろ鳥、重力に逆らう奇跡の存在だ」と言った。フランスでは、飛行術がとくに進歩主義者のあいだでもてはやされ、トゥルナションは「写真と電気と飛行術」こそ近代を象徴する三大技術だ、と書いた。

最初に鳥が飛んだ。神が鳥をそう造られた。天使が飛ぶのも、神が天使をそう造られたからだ。人間には長い脚があって、背中に翼がない。神は、理由があって人間をそう造られた。だから、人間が空に挑むことは、神に挑むことにほかならない。挑戦は古くから始まり、多くの伝説と教訓を残した。

たとえば、シモン・マグスという男がいた。ハンプトン・コート宮殿のロイヤル・コレクションにベノッツォ・ゴッツォーリの手になる祭壇画がある（祭壇自体は長い年月のうちに壊れて、散り散りになってしまった）。この祭壇画の一部に聖ペテロとシモン・マグスと皇帝ネロの物語が描かれている。シモンはネロのお気に入りの魔術師で、いつまでもお気に入りでいられるよう、おのれの力が使徒のペテロやパウロより強大であることを見せようとした。この小さな絵は三部構成になっている。まず、背景には木製の塔があって、そこでシモン・マグスが空中飛行という最新の魔術を披露している。垂直離陸と浮揚は見事成功し、サマリアの鳥人間はいまにも上半身が画面の上に飛び出して、緑のマントの下半分しか見えなくなろうとしている。だが、シモンの秘密のロケット燃料は掟破りの代物だった。すなわち悪魔だ。空中のシモンは肉体と魂を悪魔に支えてもらっていた。中景には聖ペテロがいて、悪魔の力を排除してくれるよう神に祈っている。この祈りが人間の空中飛行にどんな結果をもたらし、それが神学的にどんな意味を持つかが、前景で明らかにされている。魔術師は力ずくで墜落させられ、口から血を流して死んでいる。こうして高さの罪が罰せられた。

イカロスが太陽神に楯突いたのも、やはりいい結果にはならなかった。

初めて水素気球で空を飛んだのは、「シャルルの法則」で知られる物理学者ジャック・シャルルだ。一七八三年十二月一日のことだった。「地球から抜けだす感じは、単なる喜びを超える至福の感覚だった」と述べている。いわば「自分の生が耳に聞こえた」そうで、それは「道徳的感情」だったとも言っている。似たような感慨を抱いた気球乗りは多い。簡単に有頂天にならないよう常々自戒を忘れなかったというフレッド・バーナビーも、そんな一人だ。イギリス海峡上空で、ドーバーとカレーを行き来する定期船から上がる蒸気を見た。当時話題になっていた英仏海峡トンネル計画に思いをめぐらせ、ばかげた考えだと切り捨てたのち、つかの間、こんな「道徳的感情」に浸った。

空気が軽やかだ。不純物で汚されている地表付近の大気に比べ、ここでは呼吸が楽しい。気分が昂揚する。近くに郵便局がなくて、しばし手紙から自由でいられるのが嬉しい。なんの心配事もない。電報が来ないのがとにかく最高だ。

「女神のごときサラ」はドニャ・ソル号で天上に昇った。雲の上にあるのは「静けさではなく、静けさの影」だと知る。気球こそ「究極の自由の象徴」だと感じる(地上を這うほとんどの人間にとっては、女優サラ・ベルナールこそが究極の自由の象徴だったろう)。フェリックス・トゥルナションは、「温かく迎え入れてくれる虚空という無限の静けさ」について語っている。「ここにいれば、いかなる人間の力も悪の力も追ってこられない。わたしは生まれて初めて生きていると感じた」と言う。この静謐な道徳的空間で、気球乗りは肉体の健康とともに魂の健康を取り戻す。高さの前では「すべてのものが本来あるべきサイズに戻り」、心配・悔悟・嫌悪は無縁の感情となって、「無関心・侮蔑・無視はたちまち溶け去り……寛容が広がる」。

気球乗りは魔術も使わずに神の領域を訪れ、わがものとし、人知でも理解できる安らぎを見出した。高さは徳であり、高さは気高さであり、一部の人々にとって高さは政治でさえあった。たとえば、ビクトル・ユゴーは、空気より重い機械による飛行が民主主義をもたらすと単純に信じた。ルジアン号がハノーファー付近に墜落したとき、広く一般から寄付を募ることを提案したが、プライドの高いトゥルナションに断られ、ならば、と飛行術を称える一文を書いて公表した。その中で、ユゴーは天文学者フランソワ・アラゴと連れ立って、パリのオブセルバトワール通りを歩いている。二人の頭上を、シャンドマルス公園から舞い上がった気球が飛んでいく。見て、「あれは卵だ」とアラゴに言う。「鳥になるのを待っている卵だ。鳥はもう中にいて、いずれ現れる」と。アラゴはユゴーの手を取り、「その日こそ、地球が民衆のものになる日だ」と熱っぽく応じる。ユゴーはこの「重い発言」に深くうなずき、「地球が民衆のものになり、全世界が民主主義になる……人は鳥となる。なんという鳥であることか。考える鳥だよ、君。魂を宿す鷲だ！」と言う。

熱に浮かされたような物言いだ。飛行術が民主主義をもたらしたなどという事実も——格安航空会社の族生を除けば——ない。だが、飛行術のおかげで、高さの罪（別名、身の程知らずの罪）が廃れたとは言える。そんな新時代に上空から世界を見下ろし、その世界を表現してみせたのは誰か。フェリックス・トゥルナションに本格的に登場してもらおう。

トゥルナションは一八二〇年生まれ、一九一〇年没。ひょろりと背が高く、頭はふさふさの赤毛で、生来の情熱家だった。「発散する元気の量が仰天レベル」とボードレールが評したとおり、腰を落ち着けた暮らしとは無縁で、そのあふれ出るエネルギーと燃えるような髪を見るだけで、この男が乗る気球なら、何をしなくとも勝手に宙に浮くだろうと思えた。そんな男を「常識人」などと謗《そし》る人がいるはずもない。雑誌編集者アルフォンス・キャルは、詩人ネルバルから「才気煥発の愚か者」という言葉でトゥルナションを紹介された。のちにトゥルナションと親友になる編集者シャルル・フィリポンは、「頭がよく回る、合理性の欠片もない男。あいつの人生は過去も現在も未来も一貫して支離滅裂だ」と彼を評した。結婚前は、寡婦の母親と同居をつづけるボヘミアン。結婚後は、浮気の虫と愛妻家を同居させる夫になった。

肩書きはジャーナリスト・風刺画家・写真家・気球乗り……と数多い。発明家にして起業家でもあり、せっせと特許を出願しては、せっせと会社を立ち上げた。自己宣伝に飽くことがなく、晩年には真偽のほどが疑わしい回想録を量産した。進歩主義者としてナポレオン三世を嫌い、当の皇帝がルジアン号の離陸を見物しに来たときは、ふてくされて馬車に籠もった。写真家としてのトゥルナションは上流階級の客を断り、自分の身近な世界の記録を残すことに打ち込んだ。当然、サラ・ベルナールの写真は何枚も撮っている。フランスにおける最初の動物愛護団体に参加し、熱心に活動した。警察官を見れば罵詈雑言を浴びせかけ、自身が借金で投獄された経験から監獄制度に反対で、陪審員が問うべきは「有罪か否かではなく、危険か否かだ」と主張した。パーティ好きで、来る者は誰でも自宅の食卓に迎え入れた。一八七四年に第一回印象派展が開かれたときは、キャプシーヌ通りの自分のスタジオを会場として開放した。新種の火薬の発明をもくろむ一方で、「音響付きダゲレオタイプ」という一種のトーキー映画の実現を目指した。金銭の管理がまるでできなかった。

「トゥルナション」とはリヨン周辺によくある姓だが、このトゥルナションは世間的に別の名で知られるようになる。ボヘミアンだった若いころ、仲間内では名前の呼び換えで親しさを表すことがはやった。たとえば、末尾をダールに変えたり、ダールを付け足したりする。最初はトゥルナダールと呼ばれ、やがて簡単なナダールに落ち着き、その名で文章を書き、風刺画を描き、写真を撮るようになった。一八五五〜七〇年にはナダールの名で史上最高の肖像写真家と呼ばれ、一八五八年の秋、やはりナダールの名で、それまで組み合わせられたことのない二つのものを組み合わせた。

写真はジャズに似て、突然現れ、ごく短期間で目覚ましい技術的進歩を遂げた近代芸術だ。最初はスタジオ内という空間的制約があったが、それを脱したあとは水平方向に——広く外へ——撮影対象を求めていった。一八五一年には、フランス政府が「グラビア写真計画」に着手している。これは五人の写真家を国内各地に派遣し、国の歴史的遺産である各種建造物や遺跡を記録させるという事業だった。その二年前には、やはりフランス人が世界で初めてスフィンクスとピラミッドを撮影している。だが、ナダール自身の関心は水平方向より垂直方向へ向かっていた。求めたのは高さと深さだ。彼が同時代の写真家の誰よりもすぐれていたのは、何よりもその肖像写真の深さによる。ナダールによると、写真理論は一時間で教えられるし、撮影技術は一日もあれば習得できる。だが、光の感覚や、被写体の道徳的知性の捉え方は難しく、写真術の心理的側面は教えようとして教えられるものではない、と説く。「写真術の心理的側面」とはずいぶん野心的な物言いに聞こえるが、ナダールは本気だった。誰かを撮影するとき、彼はまずおしゃべりで相手をくつろがせ、ランプ、スクリーン、ベール、鏡、反射板を使って被写体を作り上げていった。詩人テオドール・ド・バンビルは、「獲物を徐々に追い詰めていくようで、これは小説家や風刺画家の手法だ」と言った。被写体としてもっとも見栄っ張りなのが役者で、僅差の二番目が軍人だというナダールの言葉は、心理面重視の肖像写真を多く撮影した彼の、内なる小説家が言わせている言葉だろうか。この小説家は男女間に存する重要な違いも指摘している。夫婦が二人一緒の写真を撮ったとき、出来上がりを見にきた妻が最初に見るのは必ず夫の顔であり、夫が最初に見るのは必ず自分の顔だ、と言う。人間の自己愛はきわめて強く、ほとんどの人はおのれの真の姿を初めて見せられたとき必ず落胆する、とも言う。

道徳的・心理的深さだけではない。ナダールは物理的深さも追求した。パリの下水道を初めて撮影し、二十三枚の写真を残している。カタコンブにも降りた。下水道にも似たこの納骨施設は、一七八〇年代に一度整理されたが、それ以後にまた人骨の山ができていた。ここでの撮影には十八分もの露光が必要だった。いくら長くても死者は文句を言わないから、不都合はない。だが、ナダールはここにも生者が必要だと考えた。そこでマネキンに服を着せ、その役割を担わせることにした。番人、骨を積み重ねる人、頭蓋骨や大腿骨を山と積んだ荷車を引く人……。

こうして最後に残ったのが高さだ。ナダールは高さの追求に二つのものを組み合わせた。それは、彼が近代の象徴とした三つの技術のうちの二つ、写真術と飛行術だった。まず、気球のゴンドラ内に暗室を作った。黒とオレンジ色の二重のカーテンをめぐらし、あるかなきかのランプ光源を中に置いた。撮影には、新しく発明された写真湿板を使うことにした。これは、ガラス板にコロジオンを塗布し、硝酸銀溶液に浸して感光性を持たせたもので、二段階の処理が面倒なうえに手際のよさが要求された。そこで、湿板の作製を担当する助手を一人置くことにした。カメラにはダルメイヤーを使用し、そこにナダール自身が特許権を持つ特殊な水平シャッターを装備した。一八五八年の秋、ほぼ無風だったある日、パリ南西部プティビセートル近くで、ナダールと助手は係留気球に乗り込み、世界初の空中撮影を行った。地上に戻り、現像設備を置いている地元の宿で、興奮のうちに湿板の現像に取りかかった。

だが……何も写っていなかった。いや、正確には何か写っていたが、もやもやとした黒ずみがあるだけで形をなしていなかった。二人は再度試み、再度失敗した。もう一度やって三度目も失敗した。現像液に不純物が混じっていたのだろうか……。液を一度濾過し、念を入れてもう一度濾過してみたが、結果は変わらない。では、と薬品類をすべて入れ替えてみたが、やはりうまくいかなかった。時間だけが過ぎていき、冬が近づいているのに、大いなる実験はまだ成功せずにいた。そんなある日、ナダールは林檎の木の下にすわって考えていた。突然、問題の原因がわかった（と、本人の回想録には書いてある。まさにニュートンをなぞるようで、これはさすがに眉唾物ではなかろうか)。「上昇中は気球の口が開いたままになっていて、そこから硫化水素ガスが漏れ出ている。たび重なる失敗は、そのガスが硝酸銀溶液に混入していたことが原因ではないか」と思いついた。そこで、つぎの試みでは、十分な高度に達したあと、ガスのバルブを閉めてから撮影を開始した。気球の爆発を引き起こしかねない危険なやり方だったが、ともあれ、写真湿板を作製して感光させ、宿泊所に持ち帰った。ナダールの苦労はようやく報われた。うっすらとだが、係留気球の真下にある三つの建物、農家と宿と警察署が写っていた。農家の屋根に二羽の白鳩がとまり、小道には荷馬車があって、乗っている人が不思議そうな顔で見上げていた。浮かんでいるあの奇妙なものは何だ……。

初めて撮影されたこの空中写真は、ナダールの記録とそれを読む人の想像力のなかにしか残っていない。その後十年間に撮られた写真も同様で、今日に残る空中写真はすべて一八六八年以降に撮られたものだ。たとえば、凱旋門に至る街並みをマルチレンズで撮った八部作が残っているし、レテルヌとモンマルトルへ向かうランペラトリス通り(現在のフォッシュ通り)の写真も残っている。

ナダールは例によって特許を出願し、一八五八年十月二十三日、「気球を用いた新たな写真撮影方式」で特許第三八　五〇九号を認められた。だが、この新方式は技術的にむずかしく、商業的に大した利益を生みそうになかった。世間から寄せられる関心もがっかりするほど小さかった。ナダール自身はこの新方式の活用の場を二通り考えていた。一つは土地測量――気球写真を使えば一度に百万平方メートル（百ヘクタール）を測量できるし、それを一日に十回でも繰り返せる。この新方式なら測量作業を一変できるはずだ、と思った。もう一つは軍事偵察だ。気球は「移動式の教会尖塔」として使えるのではないか。すでに前例がある。一七九四年に革命軍がフルーリュスの戦いで気球を使ったし、ナポレオンのエジプト遠征にも気球部隊が四機持参で同行した（その気球はアブキールの戦いでネルソンに破壊された）。新たに撮影機能を加えた気球なら、いくら愚鈍な将軍でも戦局を有利に運ぶのに利用できるだろう。ただ、問題がある。この技術を最初に利用しようとするのは誰だろう。きっと、あの憎むべきナポレオン三世だ……。果たして一八五九年、ナポレオン三世から五万フランが提示され、来るべきオーストリアとの戦いへの協力を求められた。写真家はこれを拒否した。一方、平時利用については、「著名なる友人ローデセ大佐」から「空中からの測量は不可能」と、理由の明示がないまま言い渡された。生来の腰の落ち着かなさもあり、失意のナダールは関心をほかに向けていった。これ以後、空中写真の発展はティサンディエ兄弟とジャック・デュコム、実子ポール・ナダールの手に委ねられることになる。

ナダールはつねに新しいことを見つける。普仏戦争でパリが包囲されると、アエロスタティエ・ミリテール（軍事気球）社を設立した。目的は外部との連絡手段を確保することで、モンマルトルのサンピエール広場から包囲網破りの気球を飛ばした。勇敢な操縦士を乗せ、手紙やフランス政府宛の報告書を積み込み、ビクトル・ユゴー号を飛ばし、ジョルジュ・サンド号を飛ばし、その他を飛ばした。第一便は一八七〇年九月二十三日に飛び立ち、無事ノルマンディに着陸した。積んだ郵袋にはロンドン・タイムズに宛てたナダールの手紙が含まれていて、タイムズ紙は五日後にその全文をフランス語のまま掲載した。プロイセン軍に撃ち落とされることもあったし、風ではるばるノルウェーまで流され、フィヨルドに着陸することもあったが、パリ包囲がつづくあいだ郵便気球は飛びつづけた。

写真家ナダールは有名人だった。ビクトル・ユゴーが宛名に一語「ナダール」と書いて出すと、その手紙がちゃんと届いた。一八六二年、友人ドーミエがリトグラフで『写真を芸術の高みに引き上げんとするナダール』という風刺絵を描いた。気球のゴンドラにカメラをのぞき込むナダールがいて、地上に見えるパリの家々には一軒残らず「写真」という広告が貼ってある。写真は強引に成り上がってきた表現媒体……そんな印象から、芸術の側にはときに写真を警戒し、恐れる声があった。だが、対象が航空術となると、一転、芸術から向けられる視線は穏やかになり、敬意さえこもった。グアルディは、ベネチアの上空を静かに漂う気球を描き、マネは、アンバリッドから最後の空中散歩に飛び立つルジアン号を描いた（ナダールも乗っていた）。ゴヤからアンリ・ルソーまで、澄んだ空に穏やかに舞う気球を描いた画家は多い。どれにも天空版田園風景といった趣がある。

だが、強烈な印象を残す気球画となれば、やはりオディロン・ルドンの一枚にとどめをさすだろう。ただし、これは田園風景とは似ても似つかない。ルドンは実際にルジアン号が飛ぶのを見ているし、一八六七年と七八年のパリ万国博では、大人気だったアンリ・ジファールの「巨大係留気球」も見ている。そしてその七八年に『無限に向かう異様な気球のごとき眼球』という木炭画を描いた。英語タイトルを“Eye-Balloon”という。タイトルどおり、“Eyeball（眼球）”と“Balloon（気球）”の視覚的言葉遊びのようだ。気球の球面と眼球の球面が重なり合い、一つの大きな球体として、灰色の風景の上空に浮かんでいる。瞼が開かれ、睫毛が円蓋の縁飾りになっている。気球からぶら下がる籠にはほぼ半球形の物体が鎮座して、よく見ると人間の頭部の上半分のようだ。全体として、従来にない新しい不気味さを醸し出す絵になっている。それまで、気球といえば自由、精神の昂揚、人類の進歩しか連想しなかった人々に、それはおよそ異質の感情を生起させた。永久に閉じられることのないルドンの目が心の奥を揺さぶる。空に浮かぶ目は神の監視カメラだろうか。土塊のような人間の頭部は、いくら空間に進出しても、それで人間が浄化されるわけではないという結論を突きつける。人間の罪深さが新しい場所に持ち込まれただけではないのか、と。

航空術も写真術も科学上の進歩であり、日常生活にも大きな影響を及ぼすことになる。だが、発達の初期段階では、どちらも神秘と魔法のオーラに包まれていた。たとえば、気球の引きずる錨を夢中で追いかけた農夫らにとっては、籠から下り立つのが女神のごときサラであっても、魔術師シモン・マグスであっても、意味合いにおいてさほどの差はなかったろう。そして写真術は恐怖の的だった。おのれの実像に自尊心が傷つくのはともかく、人々はカメラに魂を抜き取られることを恐れた。森の住人の話？　いやいや、ナダールは回想録でバルザックの身体論を紹介している。それによると、人間の本質はおびただしい数の霊的な層の重なり合いでできていて、写真を撮られると、そのたびに霊層が一枚ずつ剝ぎとられ、カメラという魔法の道具の中に取り込まれてしまう、という。バルザックはそう信じていた。剝ぎとられた霊層が永久に失われるのか、それともいずれ再生されるのかは気になるところだが、その辺のことをナダールは覚えていない。だが、バルザックの太りようからして、霊層が数枚剝ぎとられたところでたいした被害にはなるまい、と皮肉っている。信じていたのはバルザック一人ではなかった。作家仲間のゴーチエもネルバルも同様に考えていて、ナダールから「カバラかぶれトリオ」と呼ばれていた。

ナダールは愛妻家だった。結婚は一八五四年九月。友人たちも驚く突然の結婚だった。妻エルネスティーヌは十八歳。ノルマンディのプロテスタントのブルジョワ家庭に育った娘で、持参金つきだったから、ナダールが母親との同居から逃げ出すのに大きな助けとなったのは確かだろう。何度も浮気騒動で揺れはしたが、愛情にあふれ、長くつづく結婚生活だった。やがてただ一人の弟と争い、ただ一人の息子とも争い、ともに自分の人生から締め出す（あるいは二人の人生から締め出される）ことになるナダールだが、エルネスティーヌだけはつねに彼の横にいた。ナダールの支離滅裂人生に何か安定した部分があったとすれば、それはひとえにこの妻のおかげだ。ハノーファー近くでルジアン号が墜落したときも一緒だったし、スタジオを開設したときも妻の資金に助けられた。ナダールの事業は、のち、妻名義で行われることになる。

一八八七年、オペラ＝コミック座で火事があった。エルネスティーヌは息子ポールが火事に巻き込まれたと思い込み、脳卒中で倒れた。ナダールはすぐに妻を連れてパリを離れ、セナールの森に所有していたレルミタージュ（隠者の住処）という土地に移り住んで、そこに八年間暮らした。エドモン・ド・ゴンクールが一八九三年の日記にその暮らしぶりを書いている。

……中央にナダール夫人がいる。言葉を失っているが、白髪の老教授然として、空色のドレッシングガウン（裏地はピンク色の絹）にくるまって横になっている。ナダールはやさしい看護師といったところだ。ぴったり寄り添い、鮮やかな色のガウンが乱れないよう気を配り、こめかみの髪のほつれをなおし、たえず触れたりさすったりしている。

ガウンは大空の色でも、二人はもはや地上に足止めされ、飛ぶことはなかった。結婚から五十五年後の一九〇九年、エルネスティーヌが死んだ。この年、ルイ・ブレリオがドーバー海峡の横断飛行に成功し、空気より重い機械の可能性を信じつづけたナダールの正しさを証明した。気球乗りから飛行機乗りに祝福の電報が打たれた。ブレリオが空に飛び、エルネスティーヌが地に下った。ブレリオは飛びつづけたが、方向舵を失ったナダールは、間もなく妻の後を追う。一九一〇年三月、飼い猫や飼い犬に囲まれて死んだ。

一八五八年の秋にプティビセートルで何が起こったか知る人は、いまほとんどいない。現在に残る空中写真も、画像の質はなんとか見られるという程度にすぎず、当時の興奮は、見る人が想像の力で写真に読み込むしかない。だが、そこには間違いなく、世界がぐいと成長した一瞬がとらえられている。これはメロドラマチックにすぎ、希望的にすぎる見方かもしれない。もしかしたら、世界は成熟によって成長するのではなく、永遠の青春——永久につづく発見の興奮——のなかで成長するのかもしれない。それでも、あの秋にはたしかに人の認識を大きく変化させる瞬間があった。洞窟の壁に残る人の輪郭、最初の鏡、肖像画の発達、写真術……いずれも人がみずからをよく見ること、真実に近づくことを可能にした進歩だ。プティビセートルで何が起きたか、世界中のほとんどが気づかなかったとしても、そこで起きた変化は無に戻らない。こうして、高さの罪が消滅した。

かつて農夫が天を見上げるとき、そこには神が住んでいた。農夫は雷と霰《あられ》と神の怒りを恐れ、日光と虹と神の恵みを望んだ。いま、天を見上げる農夫の目には、もっと近づきやすい姿が見える。フレッド・バーナビー大佐が、片方のポケットに葉巻、反対側のポケットに半ソブリン金貨を突っ込んで降りてくる。サラ・ベルナールが、自伝を語る椅子にすわって降りてくる。籐細工の空飛ぶコテージにはナダールの姿がある。あのコテージには休憩室があり、トイレがあり、写真の現像室まである。

今日に残るナダールが撮影した空中写真は、すべて一八六八年以降のものだ。その年からちょうど一世紀後、一九六八年十二月、アポロ8号が月に向かって打ち上げられた。クリスマスイブに月の裏側に回り込んで周回軌道に入り、ふたたび表側に出てくるとき、宇宙飛行士らは人類として初めてある現象を見た。この現象にはまだ名前がなかったから、日の出ならぬ「地球の出」という新語がつくられた。夜空に浮かぶ三分の二ほどの地球——それを月着陸船操縦士のウィリアム・アンダースが撮影した。使われたカメラは、特別に調整されたハッセルブラッド。地表を覆う羽毛のような雲、あちこちに渦巻く嵐、豊かな青色の海と錆色の大陸……地球の色鮮やかさは官能的でさえある。後年、米空軍少将アンダースはこう述懐している。

地球の出は、誰にとってもみぞおちに一発くらうような衝撃だったと思う……わたしたちは自分の惑星、人類を生みだした場所を見ていた。じつに色彩豊かな星だ。月の表面はでこぼこで、ごつごつで、ぼろぼろで、退屈ですらある。それに比べ、なんと美しく繊細だったことか。わたしたちは月を見るために二十四万マイルも旅してきたが、ほんとうに見る価値があったのは地球のほうだった。みな、その感慨に打たれたと思う。

当時、アンダースの写真は美しくも、見る人の心を騒がせた。それはいまも変わらない。自分自身を外からながめることで、主体が突如客体に変わり、それが心に衝撃を与える——たとえ、その「外」がわずか数百メートルの上空で、写されたのがパリのほんの数箇所の風景で、出来上がりがただの白黒写真だったとしても。写真と飛行術を最初に組み合わせたのはナダール、燃えるような赤い髪のフェリックス・トゥルナションだった。

地表で

これまで組み合わせたことのないものを、二つ、組み合わせてみる。うまくいくこともあれば、そうでないこともある。熱気球で初めて有人飛行を成功させたのは、ピラートル・ド・ロジエだ。このフランス人は、フランスからイギリスへの海峡横断でも人類初になろうと計画し、実現のため新種の気球を考案した。具体的には二種類の気球を組み合わせ、上の水素気球で浮力の増大を図り、下の熱気球で操縦性の向上をねらった。一七八五年六月十五日、よい風が吹いていたこの日、新型気球がパドカレー県から飛び立った。最初こそ雄々しく順調に上昇していたが、まだ海岸線にも達しないうちに水素気球のてっぺんから炎が上がった。期待された新型気球は、ある見物人の言葉では「天のガス灯」となってそのまま地表に墜落し、乗っていた操縦士と副操縦士がともに死亡した。

これまで一緒だったことのない人が、二人、一緒になる。それで世界が変わることもあるし、そうならないこともある——たとえば墜落して炎上したり、炎上して墜落したり。だが、ときにはその結び合いから何か新しいものが生まれ、世界を変えることがある。最初のめくるめく歓喜と昂揚のなかで、二人は二つの個人より大きな何かとなり、一人ずつだけだったときよりずっと遠くまで、ずっとはっきり、物事を見通せるようになる。

もちろん、二人のあいだで愛情の天秤がつねに釣り合うとはかぎらない。釣り合うことのほうがまれかもしれない。一八七〇年から七一年にかけてパリは包囲下にあった。人々はモンマルトルのサンピエール広場からパリの外へ気球を飛ばし、それがどこかいい場所に着陸して、積んである手紙がちゃんと届いてくれるよう願うことはできた。だが、返信は？　いかに愛国的な風が吹こうとも、気球がまたモンマルトルに舞い戻ると期待することはさすがにできなかったろう。代わりの方法がさまざまに検討された。たとえば、返信をまとめて大きな金属球に入れ、上流から流して市内で網にすくいとる方法が提案された。伝書鳩の利用という誰もが思いつきそうな方法も提案された。気球ごとに鳩を何羽か籠に入れて乗せておき、その鳩に返書を託してパリに戻らせたらどうか。実際にバティニョールの鳩ブリーダーが伝書鳩の提供を申し出たが、気球に積める手紙の量と一羽の鳩が運べる量は比べものにならない。待てど暮らせど返事が来ない人々の落胆は想像に難くない。そんなとき、製糖工場で働く一人の技術者が奇抜なアイデアを得た（とナダールが書いている）。パリ宛の手紙は便箋の片面だけを使用することとし、できるだけ読みやすい字で先頭に宛名を記して、その下に用件を書く。収集所では、集まった手紙を巨大なスクリーン上に数百枚単位で並べ、写真に撮る。その画像を顕微鏡的なサイズに縮めて、伝書鳩にパリまで運ばせ、そこでふたたび目で読める大きさに拡大する。あとは一通ずつ封筒に入れ、それぞれの宛先に配達する。何もないよりはましだし、技術的にはすぐれた発想だとも言える。だが、恋人どうしにとってはどうだろう。一方は便箋の両面を使っていくらでも思いの丈をつづれる。何を書いても封筒の中に隠せる。だが、相手は簡潔さを義務づけられる。それに、書いたことが収集人や撮影者の目にさらされることを知っていて、ほんとうに書きたいことが書けるだろうか。ま、もちろん、愛とはときにそうしたもの、まどろっこしくて不公平なもの、とも言えるのだが……。

サラ・ベルナールは生涯を通じてナダールの——最初は父ナダール、のちに息子ナダールの——被写体でありつづけた。初めての撮影はベルナールが二十歳ほどのとき、父ナダールがルジアン号にのめり込んでいたころのことだ（写真ほど長期間にわたらなかったが、のめり込み方の激しさでは劣らなかった）。当時のベルナールはまだ「女神のごときサラ」ではなく、無名の女優の卵にすぎなかった。だが、肖像写真にはすでにスター性が見てとれる。ビロードのケープやショールのような布を体に巻きつけ、ごく自然なポーズをとっている。肩を剝き出しにし、装身具は小さなカメオのイヤリングのみ。ほかに宝石類はない。髪もとくにつくっておらず、ベルナール自身もたぶん自然のままだ。ケープやショールの下には何もつけていないだろう。控えめな表情が、見る者を魅惑する。とても美しい。たぶん、当時の人々より現代人にアピールする美しさだ。誠実さと外連味《けれんみ》と神秘性を併せ持っていて、その抽象的な三要素を矛盾なく並び立たせている。ナダールが撮ったヌード写真のなかに、ベルナールがモデルだと噂される一枚がある。上半身裸の女が、半開きの扇の向こうから片目をのぞかせている。ほんとうにベルナールかどうかはともかく、官能的という点ではケープやショールをまとうサラに到底かなわない。

ベルナールの身長はようやく百五十センチほど。顔色が悪く、痩せすぎていて、肉体的には女優に向いていないとされた。そのうえ、実人生でも演劇でも衝動的にすぎ、自由に振舞いすぎると言われた。たとえば舞台の約束事を無視し、よく観客席に尻を向けて台詞をしゃべったし、共演の主演男優とは必ず寝ていた。名声を愛し、自己宣伝に長け、ヘンリー・ジェイムズのオブラートに包んだ物言いを借りれば、「感嘆するほど目立つことに秀でた人物」だった。ある批評家はベルナールをロシア皇女にたとえ、ビザンチン帝国の皇后にたとえ、マスカットオマーンの貴婦人にたとえながら、最後を「何よりもスラブ的、私がこれまでに出会ったあらゆるスラブ人よりずっとスラブ的」と結んだ。二十代の前半に未婚のまま息子を生み、どこへでも連れ歩いて、非難などものともしなかった。反ユダヤ主義の強いフランスにユダヤ系として暮らし、カトリック勢力圏のモントリオールでは馬車に石を投げられた。腹のすわった勇気ある女性だった。

当然、敵は多かった。成功者で女だ。人種的出自やボヘミアン的放逸のこともある。宗教的に厳格な人々は、かつて役者がなぜ不浄の土地に埋葬されたかを思い出した。それにいくら独創的でも、何十年もつづければ演技は古びる。舞台上の自然さは小説における自然主義と同じで巧まれた自然さであり、必然的に古びる。シェイクスピア女優エレン・テリーのように、ベルナールの魔術の虜でありつづけた人（サラを「アザレアのように透明」と言い、舞台での存在感を「燃える紙から立ち上る煙」にたとえた人）もいたが、自身も劇作家であるツルゲーネフは、いつもはフランスびいきなのに、ベルナールについては「嘘っぽく、冷たく、気取り屋」と評し、「あのパリ風シックには胸が悪くなる」とこきおろした。

フレッド・バーナビーはよくボヘミアンだったと言われる。本人公認の伝記作者は、「周囲に溶け込まず、習慣や慣習をまったく気にかけなかった」と書く。女優ベルナールにとって「エキゾチック」は単なる借り物だった。それは旅行者が遠方から見聞として持ち帰り、劇作家がテーマや効果として拝借し、デザイナーや衣装係が幻影として完成させて、ベルナールにまとわせるものだった。だが、バーナビーはその旅行者本人であり、実際にエキゾチックの中に生きていた。ロシアの奥地に入り、小アジアと中東を横断し、ナイル川をさかのぼった。スーダンのファショダという、男女とも髪を鮮やかな黄色に染めて裸でいる人々の国も通った。バーナビーにまつわる話には、よくチェルケスの娘やロマの踊り子、キルギスの美しい未亡人が登場する。

長脛王エドワード一世の血筋だと自称していた。イギリス人特有の——とイギリス人が妄想する──勇気と、ほんとうのことを語る気概という美徳の持ち主だった。だが、一方で周囲を不安にさせる一面を併せ持っていた。父親は「庭で鳴く梟《ふくろう》の声のように憂鬱な人」だったとされ、バーナビー自身もまた、一見活力に満ちた外向的な人間ながら、似た気質を父親から受け継いでいたようだ。恐るべき体力の持ち主なのに病気がちであり、とくに肝臓と胃の痛みに苦しんだ。「胃カタル」と診断されて、国外の温泉に療養に行ったこともある。「ロンドンでもパリでも有名人」で、英国皇太子の取り巻きの一人でもあったが、DNB人物事典によると「もっぱら独り」で暮らしていたらしい。

型にはまった平凡な人間は、ある程度の型破りにはむしろ惹かれる。だが、バーナビーの型破りはそんな程度を超えていた。つねに友人だったというある人は、そんなバーナビーを「見たこともないほどだらしないやつ」で、すわった姿は「まるで馬の背に積まれた穀物の一袋」と評した。「東洋的な顔立ち」とメフィスト的笑いのせいで、一見、外国人っぽい風貌だった。DNB人物事典には「ユダヤ的」「イタリア的」とあり、さらに、自分の「非英国的」外見を苦にして、「肖像画を断りつづけた」ともある。

人は平べったい地表に暮らしている。だが……いや、だからこそか……いつも高みを目指す。実際に、地に這いつくばる人間がときに神々の高みに達することがある。ある者は芸術で、ある者は宗教で、だがほとんどは愛の力で飛ぶ。もちろん、飛ぶことには墜落がつきものだ。軟着陸はまず不可能で、脚を砕くほどの力で地面に転がされたり、どこか外国の鉄道線路に突き落とされたりする。すべての恋愛は潜在的に悲しみの物語だ。最初は違っても、いずれそうなる。一人には違っても、もう一人にはそうなる。ときには両方の悲しみの物語になる。

なのになぜ人はいつも愛を望むのだろう。それは、愛こそが真実と魔術の出会う場所だからだ。写真の真実と気球の魔術——それが愛で出会う。

バーナビーは何も語らず、気まぐれなベルナールの言葉はあてにならない。だが、一八七〇年代半ばのパリで、二人は出会っていなかったろうか。英国皇太子に近い人間なら、女神のごときサラに近づけてもおかしくない。バーナビーはきっとまえもって花を贈っておき、ボルニエ作『ローランの娘』を見たあと、褒め言葉を用意して楽屋を訪れたろう。楽屋はなよなよしたパリの洒落者でいっぱいかと思っていたが、さほどでもなかったのは入室を許される者が選別されていたのか。楽屋で一番背の高いのがバーナビー、一番小さいのがベルナールだったのは間違いない。ベルナールから挨拶され、バーナビーは驚いたように「舞台ではもっと大きな方かと……」と言う。この女優には聞き慣れた感想だ。

「おまけに痩せ。雨粒の間をすり抜けるから濡れません」と女優が言う。

その言葉をそのまま信じたかのようなバーナビーの表情に、ベルナールがくすりと笑う。だが、あざける感じはなく、バーナビーの緊張が解ける。本来どんな場所でも緊張などしないのがバーナビーだ。まずもってイギリス人だし、七ヵ国語を見事に操れる。楽屋に群がっているのは、言葉こそ勇ましくても軟弱な洒落者ばかりだ。口先だけで競い合うこんな場で、スペインからロシア領トルキスタンまで、いくつもの国で命令を下してきた将校があわてふためくはずがない。

楽屋の男たちはシャンパンを飲んでいる。崇拝者の一人が持ち込んだものだろう。バーナビーは平素からワインをあまりたしなまない。男らが一人また一人そっと立ち去るのをじっと見ている。ふと気づけば、楽屋に残るのは女優と付け人のマダム・ゲラール、そして自分だけになっている。

「さて、モン・カピテーヌ……」

「どうぞフレッドと、マダム。あるいはフレデリックと。楽屋にお邪魔した瞬間、私の階級は消滅し……」（言いよどみ）「いわば一兵卒に戻っています」

外出用軍服が値踏みされている、と思う。騎兵服とズボン、ショートブーツ、拍車、脱いでサイドテーブルに置いた略帽。値踏みされている……と目には見えなくとも体で感じる。

「で、あなたの戦争は？」とベルナールがにこやかに尋ねる。

バーナビーはどう答えてよいかわからず、戦争というものについて考えてみる。戦場は男だけのもの……。包囲攻撃を考えてみる。女を包囲して攻め立て、すみやかに降伏させるのが男……。だが、今回にかぎってはそんなに強がる気になれない。メタファーで語る自信もない。結局、こう答える。

「さほど前のことではありません、マダム。オデッサから戻る途中、父の具合が悪いという知らせが来ました。パリを通れば近道になります。ですが、当時のパリはコミューンの手にあって……」（言葉を切り、害をなすあの暗殺集団についてこの女優はどう考えているのだろう、と思う）「旅行鞄以外には通常の騎兵用サーベルを持っていただけでしたが、武器の持ち込みは何であれ禁止だと警告されていました。しかし、幸い私の脚は長い。サーベルをズボンの中に忍ばせました……」

しばらく口を閉じる。これで終わり？　とベルナールが思いはじめる。

「どうしても脚を突っ張った歩き方になって、すぐに動きの不自然さを見とがめられ、コミューンの衛兵に逮捕されました。武器を隠し持っているだろう……そう詰問され、私はその場で認めました。ああ、持っている。しかし、父の病気見舞いに戻るところで、パリで騒動を起こすつもりはない、とも伝えました。すると意外や意外、そのまま旅をつづけることを許されました」

今度こそ話は終わったらしい……が、ベルナールは話の要点をつかめずにいる。

「で、お父上のご容体は？」

「サマビーに着くころには、かなり恢復していました。ご心配ありがとうございます。で、この話の要点ですが——衛兵に言ったとおり、騒動を起こすつもりはない、私がパリで求めるのは平和、それだけです」

ベルナールはバーナビーを見る。軍服を着て、口髭をたくわえ、フランス語を話す大柄なイギリス人。その大きな体から、か細く甲高い声が出てくるのが奇異に感じられる。複雑さと手練手管のなかで生きてきたベルナールは、単純で素朴なものに揺り動かされる。

「感動しました、カピテーヌ・フレッド。ですが……どう言いましょう、わたしはまだ穏やかに暮らす用意がありません」

今度はバーナビーが面食らい、自分の言葉が誤解されたのかと思う。

「明日またいらっしゃるでしょう？」とベルナールが言う。

「明日も必ず」とバーナビーは答え、軍隊式暇乞いとボヘミアン的熱い再会の約束からなる独特の挨拶をして、楽屋を辞す。


ベルナールは、情熱的でエキゾチックでオペラ的な女たちを演じた。小デュマ『椿姫』を最初に舞台で演じたのはベルナールで、その原型をベルディがオペラに作り直した。サルドゥの『トスカ』もそう。いまではプッチーニのオペラでしか知られていないが、最初に演じたのはベルナールだ。音楽なしでオペラを演じられる女優だった。実生活では大勢の愛人と多くの動物を抱えていた。愛人どうしの仲が険悪でなかったのは、人数が多すぎて喧嘩にならなかったのか、愛人から友人に格下げするベルナールの手際がよかったのか。「わたしが早く亡くなっても、きっとみんなうちに集まりつづけるでしょう」と言っていたが、実際そうだったかもしれない。

ベルナールの動物集めは少女のころ、一つがいの山羊と一羽の黒歌鳥から始まった。集める動物はしだいに猛々しくなっていき、イギリス公演の際にはリバプールでチーターを一匹、カメレオンを七匹、狼犬を一匹買った。ほかに猿のダーウィン、子ライオンのエルナニ二世、犬のカシスとベルモットがいた。アメリカのニューオーリンズではアリゲーターも一匹買ったが、これは牛乳とシャンパンという フランス式食餌が合わずに死んだ。ボアも一匹いたが、ソファーのクッションを飲み込んでしかたがないため、ベルナールが自分の手で撃ち殺した。

そんな女が相手でもバーナビーに気後れはなかった。

つぎの夜、バーナビーはまた舞台を見てから楽屋に行く。前夜とほぼ同じ顔ぶれがそろっている。マダム・ゲラールに丁重に挨拶する。異国の宮廷を経験しているバーナビーは、権力が玉座の背後に潜むことを知り、その所在を見抜くことに長けている。やがて——どんな楽天家でも思いも及ばないすみやかさで——ベルナールがやってきて彼の腕をとり、取り巻くパリの男どもに「おやすみなさい」の一言を言う。三人は楽屋を立ち去り、洒落男の一団が落胆を顔に出すまいと努力しながら取り残される。

三人は、フォルトゥニー通りにあるベルナールの自宅に馬車で乗りつける。食卓がしつらえられていて、氷で冷やしたシャンパンがあり、半開きのドアの向こうには、籐で編んだ特大ベッドの角がのぞいている。マダム・ゲラールが下がる。召使がいるとしても姿は見えず、鸚鵡《おうむ》や子ライオンがいるとしても声は聞こえない。聞こえるのはベルナールの声のみ。この音域と澄んだ響きを持つ楽器はまだ発明されていない、とバーナビーは思う。

軍人は旅の話をする。戦場での小競り合いのことを話し、気球による冒険のことを話し、気球で北海を横断したいという望みを語る。

「イギリス海峡ではだめですの」と女優が尋ねる――わたし以外の方角に向かって飛びたがるのは失礼、とでも言わんばかりの口調で。

「それも目標の一つです。ただ、風向きの問題がありまして、マダム」

「サラ、と」

「マダム・サラ」と感情を押し隠してバーナビーはつづける。「イングランド南部から飛び立つと、どこから出発しても、だいたいエセックスに着陸してしまいます」

「エセックスとは？」

「知るまでもないつまらない場所です、エセックスなど」

ベルナールは不確かさの浮かぶ表情でバーナビーを見る。それは事実？　冗談？

「南風と南西風が気球をエセックスに運びます。北海を渡るには、西風がとぎれなく吹くことが必要です。フランスに来るには北風に乗らねばなりませんが、これはめったに吹かず、頼りにできません」

「では、気球ではお訪ねいただけませんのね」ベルナールの口調には媚びがある。

「マダム・サラ、パリだろうとチンブクツだろうと、あなたがおられるところなら、まだ発明されていない移動手段を使ってでもお訪ねしますとも」バーナビーはまくし立てるように宣言して、自分でも驚く。まるで喫緊の問題ででもあるかのように、冷製の雉肉をもっと皿にとる。「私には一つ仮説があります」と、少し落ち着いてつづける。「風は、どの高さでもいつも同じ方向に吹いているとはかぎりません。ですから、仮に……仮に逆風につかまったとしても……」

「エセックス行きの風ですね」

「はい。ですが、そんな風につかまっても、砂袋を投げ捨て、高度を上げれば、北風に出会えるかもしれません」

「出会えなかったら？」

「海に落ちます」

「泳ぎ方はご存じ？」

「はい。ですが、役には立ちますまい。海への不時着にそなえてコルクの救命胴着をつける気球乗りもいますが、私に言わせれば、そんなのはおもしろくない。男なら一か八か賭けてみなければ」

ベルナールは何も言わず、バーナビーの言葉が宙に漂う。

翌日、歓喜で舞い上がりそうなバーナビーを地上につなぎとめているのは、ただ一つ、これではあまりに簡単すぎないかという疑念だ。セビリアでは、とりつく島もないアンダルシアのセニョリータから扇の言葉を習うのに長い時間がかかった。あのしぐさの意味、この隠し方の意味、扇でそっと叩くことの意味……。バーナビーはよく学び、いくつもの大陸でその学習の成果を実践して、女の媚態に大きな魅力を見出してきた。そんな彼にとって、昨夜の率直さ、あけすけな欲望の表明、時間節約への抵抗のなさは、初めての経験だった。もちろん、すべてが見かけほど率直でもあけすけでもないことはわかっている。自分が人柄の魅力だけでちやほやされていると考えるほど、バーナビーは子供ではない。マダム・サラは女優であり、女優はみな贈り物を期待する。しかもベルナールは当代最高の大女優だ。当然、贈り物にも相応の輝きを期待しているだろう。

これまでの恋愛遊戯で、バーナビーはつねに主導権をにぎってきた。軍服姿の大男を前にして、女は神経質そうにもじもじする。それをまず落ち着かせることから始めてきた。だが、いま、その関係が逆転している。それが彼をとまどわせ、興奮させる。逢引そのものはすんなり実現する。バーナビーが望み、ベルナールが応じる。劇場で落ち合うことも、フォルトゥニー通りに直接行くこともある。そこの住まいは、余裕をもって仔細にながめてみると、まるで邸宅のようでもあり芸術家のスタジオのようでもある。壁はビロードで覆われ、胸像には鸚鵡がとまり、花瓶は歩哨が中に隠れられるほど大きい。植物がそそり立ち、垂れ下がる。その多様さは、キュー植物園も顔負けするほどだ。そんな目もくらみそうな混沌のなかに、心が求める素朴なあれこれがある。晩餐、ベッド、睡眠、朝食。人間としてこれ以上何を望めよう。自分は生きている……バーナビーの耳に生が聞こえる。

ベルナールが自分の過去を語る。どうもがき、何を願い、どう成功したか。その成功にどんな敵意が投げつけられ、どんな嫉妬が湧き起ったか。

「ひどいことを言われたんですよ、カピテーヌ・フレッド。猫を黒焼きにしてその毛皮を食べる女だとか、晩餐に蜥蜴《とかげ》の尻尾が出るとか。猿のバターで炒めた孔雀の脳みそなんていうのもありましたし、人の頭蓋骨にルイ十四世の鬘《かつら》をかぶせ、それでクロッケーをしているとも……」

「中傷して何がおもしろいのか……」とバーナビーが渋面で感想を言う。

「さ、わたしのことはもう十分。もっと気球の話を聞かせてくださいな」

とっておきから始めよう、とバーナビーは思う。利き足で踏み切る。一番いい話を真っ先に。

「昨年のことです」と始める。「ルーシー氏とコルビル大佐とともに水晶宮から飛び立ちました。風は変わりやすく、南風と西風の間を行ったり来たり。気球はすでに雲の上に出ていて、下はたぶんテムズ川の河口辺りだったでしょう。頭上に太陽があって、コルビル大佐など、いやになるほど暑い日だ、と文句たらたらです。私は上着を脱ぎ、錨の爪の一つに掛けてから、こう言ってやりました。雲の上にいることには少なくとも一ついいことがありますよ、大佐。なにしろ紳士がシャツ姿で人前に出られるんですから、と」

バーナビーは笑い、相手の笑いを待つ。ロンドンなら当然笑いが返ってくる。だが、女優はわずかに笑みを浮かべるものの、はてな、という表情だ。相手の沈黙にあわて、バーナビーは先をつづける。

「そのあとほとんど風が吹かず、気球は無風のなかでにっちもさっちもいかなくなりました。

そのときです、一人が気球から下を見て驚きの声を上げたのは。他の二人もあわてて目をやると……情景を想像してみてください。気球の下は、地表や河口を覆い隠す一面の雲です。羊毛を敷き詰めたように広がって、そこに驚くべき光景がありました。太陽が……」（手を差し上げて太陽の位置を示す）「こう射しています。その光を受けて、水平の雲の表面に気球の形そのままの影が鮮明に映っていました。ガス嚢も、ロープも、ゴンドラも、そして私たち人間も。三人の頭が輪郭くっきりと雲に描かれている様は、得も言われぬ不思議さでした。まるで私たちが――私たちの冒険が――巨大な写真に撮られたかのようで……」

「等身大以上……？」

「もちろん」と答えながら、バーナビーは自分の話に誇張があることを自覚している。ベルナールの反応の強さにどきりとし、気分が沈む。

「二人とも同じですね。わたしは舞台で実際より大きく見える――あなたはそうおっしゃった。あなたはご自身のままで等身大を超えた」

バーナビーの心がふっと軽くなる。責められて当然――そんな忸怩たる思いでいたのに褒められた。褒められれば嬉しくなるのは男の性《さが》だが、バーナビーの耳には女優の言葉が率直な感想の吐露に聞こえた。ここに、二人が置かれた状況の特異性がある。平凡な世間の標準からすれば、どちらも風変わりな存在だ。なのに、その二人が一緒にいると――事実としては、近衛騎兵隊の外出用軍服を着た男と、毛皮と帽子を脱ぎ捨てたばかりの女（しかもその帽子たるや死んだ梟がとまっているとしか見えないしろもの）だが――どこにも風変わりな感じがない。芝居も演技も衣装もない。私は半ば混乱し、四分の三ほど恋に落ちている、とバーナビーは認める。

「いつか気球に乗ることがあったら、きっとあなたのことを思い出します」と遠くを見る目に笑いを浮かべてベルナールが言う。「約束します。わたし、約束は必ず守るんですよ」

「必ず？」

「必ず――守るつもりがある約束は。もちろん、守るつもりのない約束だってしますけれど、でも、そんなのは約束と呼びませんでしょう？」

「では、いつか私と飛んでください。そんな名誉な約束はいただけませんか」

ベルナールが押し黙る。やりすぎたか、とバーナビーは思う。だが、思うこと、感じることを口にせずに、なんの率直さか。

「でも、カピテーヌ・フレッド、それでは気球のバランスがとりにくくありません？」

たしかに現実的な問題だ。こちらの体重は少なくとも相手の二倍ある。砂袋のほとんどを向こう側に置くことになって、その場合、投棄の必要が生じたときはゴンドラ内を横断し……バーナビーはその部分を寸劇のように頭の中で想像してみる。もしかしたらベルナールはもっと別のことが言いたかったのか、と思いはじめたのは、少しあとになってからだ。メタファーはバーナビーを混乱させる。

違うな、これは四分の三だけの恋ではない。

「針から糸から重りまで全部だ」とホテルの寝室で、姿見の中の軍服姿の男につぶやきかける。鏡の縁の鈍い金色が、騎兵服の鮮やかなレースの縁取りの前にぼやける。「針から糸から重りまで全部いかれたな、フレッド大尉」

昔からこんな瞬間を想像してきた。相手の瞳に、笑みに、ドレスの揺らめきに半分ほどの恋をしてきたいつもと比べ、それはどう違う瞬間なのか、と。半分の恋では、つぎの数日間がどう展開するか心に思い描くことができた。実際に、思ったとおり正確に物事が進んだことさえある。そして夢がかない、欲望が満たされたとき、そこで想像が停止し、現実も終わるのがつねだった。だが、今回は？　思いもよらぬ速さで、目もくらむほどに欲望が満たされたいまは？　欲望は消えるどころか、もっと大きく膨らんでいる。一緒に過ごしたわずかな時間が、もっと長い時間を一緒に——いや、すべての時間を一緒に——と求めさせる。劇場からフォルトゥニー通りまでの短い旅が、もっと長い旅への思いを駆り立てる。サラが舞台上で描いた人々の国へ旅をしよう。いや、世界に存在するそれ以外のすべての国々へも旅をしよう。ありとあらゆる場所に二人で行きたい……。サラのスラブ的美貌について語った人がいた。いまバーナビーはそれを思い出し、二人で行く東欧旅行を夢想する。サラの美しい顔を周囲の女たちと見比べながら、それを完全に溶け込ませ、飲み込んでしまう人相風景を求めて旅をしたい。その風景が見つかったとき、そこにはスラブ人の海とカピテーヌ・フレッドのほか誰もいなくなる。バーナビーは、すぐ横を行く小さくてしなやかな体を想像する。それは馬に乗っている。横向きに腰かける女乗りではなく、ちゃんとまたがる男乗り。ズボンの着用は役柄で何度もこなしてきている。二人で一頭の馬に乗るのもいい。サラを前に乗せ、後ろから手綱をとって、小柄な体を両腕に包み込みたい……。

二人一緒のところが見える。あれこれ持ち寄って一つの人生をつくっている。想像のなかの二人はつねに動いている。空を駆けている。

フレッド・バーナビーはボヘミアンであり、世慣れてもいるが、夜ごと楽屋を訪れる男たちとはやはり違う。彼らのように、褒め言葉の洗練に日夜いそしむことには慣れていない。だが、知性があり、広く世界を旅してきている。一、二週間もすると、この状況にいる自分を周囲がどう見ているかがわかってくる。彼らの心中にある声を自分に問いかけてみる。

「あれは女だぞ。フランス人だぞ。女優だぞ。信用できると思うのか」

友人や将校仲間がこの問いにどう答えるかはわかっている。問いを聞いたとたん、意味ありげににやりと笑うだろう。その心の中にはもろもろの評判や噂が詰まり、常識の塊ができている。かつては、自分たちもチェルケスの娘やキルギスの美しい未亡人を夢中で追いまわしていた。その自覚はあるだろうが、あれはあくまでも一時のことと思っていた。いずれ母国に戻り、イギリスの良家の子女と――そう、家庭菜園の世話以上には複雑なことも難しいことも知らない女たちと――結婚することが大前提になっていた。夜遅く、ブランデーのソーダ割りを飲みながら、かつて見た神秘的な微笑みと浅黒い肌、かつて聞いたよく意味もわからぬささやきを思い出し、しばし郷愁に浸ることはあるだろうが、すぐに、暖炉の周りで進行している家族の団欒に戻っていく。ほろ酔い気分のなかで、築いてきた人生に誤りはなかったと、きっと満足そうにうなずく。

バーナビーはそういう男ではないし、ベルナールもそういう女ではない。ベルナールがバーナビーに媚びを売ったことはない……正確には、詐欺や戦術として媚びを売ったことはない。ベルナールの媚びは約束だ。その眼差しと微笑みは申し出であり、それをバーナビーが受け入れる。あとからマダム・ゲラールがやって来て、イヤリングの話をする。マダム・サラがこれこれのイヤリングを一目見て、たいそう気に入りました……。バーナビーがそれを買ってプレゼントする。ベルナールは少しも意外そうな顔をせず、ただ感謝の言葉で受け取る。きわめて率直なやりとりだ。あざける将校がいたら、バーナビーはこう言い返すだろう。君らだって、バラ色の頬の処女たるイギリス人婚約者に贈り物をしただろうに。そのとき相手が示した見せかけのかわいい驚きに、きっとだまされたろう。一方、マダム・サラと私の間には、つねに──「つねに」の内実がほんの数週間だったとしても──率直さがある、と。

ベルナールには、機嫌取りが必要な怪しげな家族がいない。いるのは前衛・後衛・参謀の三役を兼ねる付け人、忠誠なマダム・ゲラールだ。忠誠心こそバーナビーが理解し、評価する資質であってみれば、マダム・ゲラールと分かり合えるのは当然。物事の流れの中で彼に気前よさが求められるとき、マダム・ゲラールは静かに現れ、うやうやしく金を受け取って帰る。あとベルナールの息子がいるが、これは人懐こくて、狩りやスポーツのことで教えがいがありそうな子だ。大陸の人間は、その方面でまだまだ学ぶべきことが多い。スペインでは枝にとまっている鶉《うずら》を撃って得意がっているし、かつてフランスのポーで地元の狐狩りに招かれたときは、まえもってつかまえておいた狐にアニス油を振りかけて放していた。そんな狐なら、どんなに鼻の鈍った猟犬でも追える。おまけに、あてがわれた馬が小柄すぎて、走っているとバーナビーの踵が地面をこすった。狩りそのものも、わずか二十分で終わった。

バーナビーにはイギリスを捨てる覚悟がある。よい仲間付合いもあったが、魂が熱と砂を求めていた。体に流れる血は長脛王エドワード一世までさかのぼる百パーセントイギリスの血でも、それが必ずしも外見に現れてくれていない。周囲にどう見えているかは、よくわかっている。実際に酒の席で面と向かって言われそうになったこともある。若い准大尉だったころ、イタリア人のバリトン歌手に似ていると言われ、食堂でよくからかわれた。みなが声を合わせ、「一曲頼むぜ、バーナビー」と呼びかける。彼はそのたびに立ち上がって、歌った。オペレッタでも猥歌でもなく、イギリスの田舎の歌、素朴で陽気な民謡を歌った。周囲が飽きてやめるまで、それをやりつづけた。

それにダイヤーがいた。横柄な若い中尉で、「准大尉はユダヤ人かも」と触れまわっていた。はっきり言うわけではなく、たとえば「金のこと？　だったら准大尉に聞くといい」など、それとなくにおわせる。いや「それとなく」どころではないか……。そんなことが何回かあって、バーナビーはダイヤーを呼び出し、軍服を着ていることを忘れた話し合いをした。事態は収まったが、バーナビーはいまでも忘れていない。

だから、ベルナールがユダヤ系であることは大した問題ではなかった。ユダヤ人に生まれつき、カトリックに改宗した女優というだけのことだ。自分にも人種による強い好き嫌いがある、とバーナビーは認める。だが、ことユダヤ人に関するかぎり、周囲で出会うフランス人ほどではないとも感じている。それに偏見をこの身にも引き受けることで、マダム・サラとの距離が縮まりそうな気もしていた。もしダイヤーが自分ら二人をユダヤ人と──実際は違うが──思いたければ、かってに思うがいい……。

こうして何週間かが過ぎるうち、バーナビーは将来をだんだん細かく思い描くようになっていった。軍を退役し、イギリスを離れよう。ベルナールもパリを離れる。もちろん、これからも世界を驚かす女優でありつづけるが、天才を日夜すり減らすようなことはしない。シーズンごとに公演場所を替え、次のシーズンへの合間には、女優ベルナールをまだ知らないという土地へ旅をする。ボヘミアン生活の共有から、いずれ新しい生活パターンが生まれてくるだろう。自分がいま愛で変わりつつあるように、ベルナールも愛で──どう、とはわからないが――きっと変わる。

バーナビーの頭の中ですべてがすっきりと晴れる。ぜひベルナールに話そう。もちろん、いまではない。晩餐からベッドまでの時間はまずい。朝にするべきだろう。昂揚した心で、バーナビーは鴨のバロティーヌに立ち向かう。

「カピテーヌ・フレッド」とベルナールが呼びかける。人生の残りの日々、この二語をあの声で、あのフランス訛りで、聞きつづけられることこそ私の幸せだ、とバーナビーは思う。

「カピテーヌ・フレッドは飛行の未来をどう考えておいでですしょう。人は――男も女も――大気中をどう飛ぶようになると……？」

耳に聞こえてきた問いにバーナビーは答える。

「飛ぶというのは、つまるところ軽さと力の問題です。気球の進路を制御しながら飛ぶ試みは、私自身のものも含め、すべて失敗してきました。おそらく、これからもそうでしょう。航空術の将来は、空気より重い機械での飛行にある。そう断言してよいと思います」

「そうですか。わたしはまだ気球で飛んだことがありませんけれど、それは残念です」

バーナビーは咳払いする。

「残念とはなぜ、マダム・サラ？」

「だって気球での飛行こそが自由でしょう？　違いますか、カピテーヌ・フレッド？」

「たしかに」

「自然の気まぐれでどこへでも流されていく。危険でもあります」

「たしかに」

「一方、空気より重い飛行機械を想像すると、そこにはなんらかの機関が備えられることになりましょう。制御用のあれこれもあって、それで操縦でき、上へとか下へとか指示できるようになるわけですね。きっと危険も減るでしょう」

「疑いもなく」

「何を言いたいか、おわかりになりません？」

バーナビーは考える。わからないのは、相手が女だからか、フランス人だからか、女優だからか。

「頭に靄がかかっているようで、マダム・サラ」

ベルナールはまた笑顔になる。これは女優の笑顔ではない、とバーナビーは安心しつつ、いや、待て、とも思う。女優なら、女優以外の笑顔も自由につくれるはず……。

「平和より戦争が好ましい、などとは言いません。そこまでは言いませんが、安全より危険が好ましいとは思います」

何を言いたいかわかった気がする。同時に、バーナビーはそこに不穏な響きを感じとる。

「危険を好むことでは私も人後に落ちません。それはこれからも変わりますまい。危険と冒険に呼ばれれば、尻込みはしません。私は戦いに赴きます。母国が私を必要とするなら、いつでも応える用意があります」

「うかがって安心しました」

「しかし……」

「しかし？」

「それでも、未来は空気より重い機械のものです、マダム・サラ。われら気狂乗りがいかに残念がろうとも、です」

「先ほどのお話で、考えが一致したと思いましたが」

「はい。ですが、多少不本意の点があります」

バーナビーが口を閉じ、ベルナールが待つ。相手には話の先が見えていると思いつつ、バーナビーはまた口を開く。

「私たちはともにボヘミアンです。気ままに旅をします。世間的な常識に逆らい、簡単には命令を受け付けません」

　バーナビーが口を閉じ、ベルナールが待つ。

「マダム・サラ、マダム・サラ。私が何を言いたいか、あなたはもうご存じだ。メタファーで話すのはもう堪えられません。あなたに一目惚れした男は私が最初ではなく、残念ながら最後でもありますまい。ですが、私はあなたを愛しています――生涯初めてというほどに。思うに、私たちは似た者どうしです」

　バーナビーは女を見つめる。女は平静そのものの顔つきで、こちらを見返している。この落ち着きは同意の印なのか。こちらの言葉に何も感じていない証拠なのか。バーナビーはつづける。

「私たちはともに大人です。世界を知っています。私は飾り物の兵隊ではなく、あなたも純情な小娘ではありません。どうぞ私と……私と結婚を。この心を剣とともにあなたの足元に捧げます。これが私の率直な気持ちです」

　バーナビーは返事を待つ。女の瞳が光ったような気がする。女がバーナビーの腕に手を置く。

「モンシェール、カピテーヌ・フレッド」と言う。その口調に、バーナビーは英国近衛騎兵隊の兵士というより学校の生徒の気分にさせられる。「飾り物の兵隊などと思ったことはありません。あなたの言葉はいつも真剣に受け止めていますし、とても光栄に思っています」

「ただ……？」

「はい、ただ……。これは、もろもろの事情によってわたしたちが使わざるをえなくなる言葉ですね。ただ……。あなたの率直さに、わたしも率直さでお応えしましょう。ただ……わたしは幸せになるようにつくられていません」

「この数ヵ月、数週間の経験を踏まえれば、そんなことは……」

「いえ、言えますし、言います。わたしは感覚の生き物です。欲しいのはこの一瞬の快楽。わたしは絶えず新しい感覚、新しい感情を求めています。この生が滅び去るまで求めつづけるでしょう。わたしの心の欲する興奮は、誰であれ、到底一人の人間が与えきれるものではありません」

バーナビーは顔をそむける。とても堪えられない。

「それをわかってください」とベルナールがつづける。「わたしは生涯結婚しません。あなたに約束しましょう。これからもあなたの言う気狂乗りでありつづけ、誰とであれ、けっして空気より重い機械には乗りません。ほかにどうできましょう？　お怒りにならないで。わたしを不完全な人間とお考えください」

　バーナビーはなんとかもう一押ししてみる。「マダム・サラ、私たちはみな不完全です。私だってあなた同様に不完全だ。だからこそ誰かを求めるのではありませんか――完全になるために。私自身、これまで結婚を考えたことはありませんでした。それは、誰もがやることだから嫌ったというのではなくて、その勇気がこれまでなかったからです。私に言わせれば、結婚というのは、手に手に槍を持って押し寄せる異教徒の群れよりずっと危険だ。しかし、恐れないでください、マダム・サラ。恐れに行動を支配させるな、とは私の最初の指揮官がよく言っていたことです」

「恐れではなく、おのれをよく知るゆえです、カピテーヌ・フレッド」とベルナールが穏やかに言う。「お怒りにならないで」

「怒ってはいません。あなたの前では怒りさえ消え去る。仮に怒っているように見えるとしたら、それはあなたを――私たちを――造ったこの宇宙への怒りです。二人が造られたから……だからこそこんな……」

「カピテーヌ・フレッド、いまはもう遅く、二人とも疲れています。明日、楽屋においでください。たぶん、おわかりいただけるでしょう」

（失語症の妻と暮らすナダールを、エドモン・ド・ゴンクールがセナールの森に訪ねたことはすでに述べた。ここでもう一つラブストーリーを紹介しておこう。同じ一八九三年、戯曲『ラ・フォスタン』が上演されることになり、読み合わせに入る前の挨拶に作者ゴンクールがベルナール邸を訪れて、一緒に食事をしている。着いたときベルナールはまだ稽古から戻っておらず、ゴンクールは客間代わりのスタジオに通されて、装飾品でごてごてと飾られた部屋の様子を冷徹な審美眼でながめている。中世のサイドボード、寄せ木細工のキャビネット、チリの小像、原始的な楽器、「どぎつい」異国の美術品などが雑然と並んでいるなかで、家の主人の趣味をうかがわせるものとしては、唯一、面談場所とおぼしき一隅に白熊の毛皮がずらりと並ぶのみだったという（ベルナールはよく白を着て、この夜もそうだった）。そんな芸術的がらくたの真ん中で、小さいながら強烈なドラマが繰り広げられていた。スタジオの中央に動物の檻があり、巨大な嘴《くちばし》をもつ鸚鵡と小さな猿がいた。猿の動きは目まぐるしく、ブランコであちこち飛びまわりながら、鸚鵡にしきりにちょっかいを出していた。羽根を引っこ抜いたり、叩いたり、いじめは瞬時もやまない。あの大きな嘴をもってすれば、小猿などあっという間に真っ二つと思えたが、鸚鵡はただ胸が張り裂けそうな鳴き声をあげるばかりだった。ゴンクールは鸚鵡を哀れに思い、悲惨な毎日を強いられているようだが……と、帰宅したベルナールに言ってみた。それは違います、とベルナールが応じた。鳥と猿を引き離してみたことがあります。すると、鸚鵡が悲しみのあまり死にかけました。いじめ猿と一緒の檻に戻してやって、ようやく元気を取り戻しました……と)

バーナビーは事前に花を贈っておいて、舞台を見る。ベルナールが演じているのは、恋敵に毒を盛られた前世紀の女優アドリエンヌ・ルクブルールだ。終わって楽屋に行く。魅力あふれるベルナールがいて、いつもの顔ぶれがそろい、いつもどおりの会話があって、いつもどおりの感想がつぶやかれる。バーナビーはマダム・ゲラールの横にすわり、新しい戦術を、隠された突破口を探るべく話しかける。楽屋が一瞬静まる。バーナビーが顔を上げると、男の腕をとるベルナールが見える。悪趣味なステッキを持った猿顔のちびのフランス人の腕を……。

「おやすみなさい、みなさん」

一同の反応は、わざとらしい無反応からくるざわめき……これは、バーナビー自身が初めてベルナールと退出した夜の再現だ。女優は軍人を見やり、軽く会釈して、視線を転じる。

マダム・ゲラールが立ち上がり、おやすみなさいを言う。去っていくベルナールに、見送るバーナビー。答えが与えられた、と思う。水が凍る冷たさのなかで、バーナビーには身を守るコルクの救命胴着さえない。

怒り？　いや、怒りはない。楽屋に残された洒落男たちは、少なくとも育ちがいい。いまの出来事をはやし立てることもなく、かつてわが身にも同様の――いや、まったく同じ――ことが起こったと話題にすることもない。ただバーナビーにシャンパンを勧め、プランス・ド・ガル（英国皇太子）のご機嫌はいかがか、とそっと尋ねてくる。礼節を保ち、バーナビーの体面を尊重してくれる。少なくともその点では申し分ない男たちだった。

だが、バーナビーがその男たちの仲間入りをすることはない。元恋人の一人として同類と愛想よく笑い合うなど、不愉快どころか不道徳にさえ思える。恋人から親しい友人への格下げも受け入れられない。そんな変化は意識にのぼらせることさえ避けたい。同じ立場の男たちと相談し、ベルナールに珍しい贈り物（たとえば雪豹？）をすることもいやだ。だが、バーナビーに怒りはない。いずれ痛みが始まるだろうが、いまあるのは悲しみだ。すべてをさらけ出し、最良の自分を見せて、なお及ばなかった。ボヘミアンを自認するこの身にも、相手はボヘミアンすぎた。それに、ベルナールという女を本人が解説してくれたのに、その解説がバーナビーには理解できなかった。

痛みは何年もつづくが、旅と戦で紛らせ、人に語ることはなかった。なぜふさぎ込んでいるのかと問われれば、納屋の梟の憂鬱がうつったと答える。尋ねた人はそれで理解し、さらに踏み込んでくることはなかった。

考えが甘かったのか、多くを望みすぎたのか。おそらく両方だろう。いくらボヘミアンや冒険家を気取っていても、生きていれば生活にパターンを――生き延びるための仕組みを――求めたくなる。軍隊規則なども、それに逆らうことで生きやすくなるという意味で立派なパターンだ。だが、そんなわかりやすいものは別として、本物と偽物のパターンはどう見分けたらいいのか。バーナビーは頭を悩ませる。悩みはもう一つある。それはベルナールが誠実だったのかどうかだ。あの率直さはほんとうに率直だったのか、装われたものだったのか。答えを得ようと、彼は記憶を探りつづける。約束は必ず守る、とベルナールは言っていた。最初から守るつもりのない約束でないかぎり、と。では、私への約束は? 嘘だったと断定できるものは一つもない。愛していると言っていたか。言っていた、何度も。だが……そこに「永遠に」と付け加えたのは誰だ。プロンプターのように耳元でささやいた声は、私自身の妄想だったのではないか。愛しているという言葉に、私はその意味を問い返さなかった。どこの恋人が問い返すだろう。金色に光り輝く言葉が語られたとき、その注釈を求める人などいるだろうか。

だが、問い返せばマダム・サラは答えてくれたはずだ、とバーナビーはいま気づく。その答えは「あなたを愛するあいだ、あなたを愛します」だったろう。およそ恋人としてこれ以上は望めまい。だが、そこにまたプロンプターの声が入り、「つまり永遠に」とささやいていただろう。人間の虚栄心はかくも度しがたい。では、二人の愛は私が勝手に作り上げたものだったのか。そうは思わない。そうは思えない。三ヵ月のあいだ私は精一杯愛し、向こうも同様に愛してくれた。ただ、その愛に時限スイッチがついていただけのことだ。過去の恋人のことを尋ね、その男たちはどれだけつづいたか問えばよかったろうか。いや、意味がない。彼らの失敗を聞き、その関係の短命さを知れば、よけいに自分だけの成功を確信していただろうから。恋が人にそう信じ込ませる。

そう、マダム・サラは私に誠実だった――バーナビーはそう結論する。私が自分をだましていた。だが、この地表で誠実さが私を苦痛から守ってくれないなら、私は浮かぶ雲の合間に逃れるしかないのか。

ベルナールには二度と会おうとしなかった。ロンドン公演があると聞けば、理由を見つけて街を出た。だが、やがて最新の舞台の称賛記事も落ち着いて読めるようになり、あの三ヵ月間のことも、だいたいは理性ある大人として振り返れるようになった。過去の出来事の一つだ。誰の責任でもない。とくにひどいことがあったわけではなく、理解の行き違いがあっただけだ……。だが、そんな納得のしかたに完全に満足できるわけもなく、いつも平静を保てるわけでもない。心が乱れるとき、自分がおそろしく愚かな動物に思えた。クッションを食べることが癖になったあの大蛇、あれと私は同じだと思った。最後にマダム・サラ自身の手で撃ち殺されたあのボアと。

やがて結婚した。三十七歳になっていた。相手はエリザベス・ホーキンズ＝ウィットシェッド。アイルランドの准男爵の娘だ。この結婚をパターンとし、それにすがって生きるつもりでいたのなら、バーナビーはまた肩すかしをくらう。結婚式のあと花嫁が肺病で倒れ、新婚旅行の行く先が北アフリカからスイスのサナトリウムに変更になった。新妻は十一ヵ月後に夫に息子をもたらすが、結局、その人生の大半をアルプスの高地で過ごすはめになる。フレッド大尉はいまやフレッド少佐となり、さらにフレッド大佐となって、ふたたび旅と戦の日々に戻った。

　気球に入れあげる日々も戻った。一八八二年、ドーバー・ガス社から飛び立ってフランスに向かった。海峡上を独りで飛んでいると、どうしてもマダム・サラのことが心に浮かんでくる。いつか必ず実行するつもりでいたイギリス海峡横断だが、いま向かっているのは彼女のもとではない。二人の関係は誰にも明かしていない。何やら感づいた知人も何人かいて、プラッツ亭でカードを楽しみ、そのあとベーコンエッグとビールで遅い夕食をとっているときなど、それとなくほのめかされ、脇腹を小突かれることもあったが、けっして打ち明けることはなかった。だが、空中に漂っているいま、耳に聞こえるのはマダム・サラの声だ。「モンシェール、カピテーヌ・フレッド」と呼んでいる。何年も前のことなのに、聞くと、いまだに胸がえぐられる。バーナビーは衝動的に葉巻に火をつけた。愚かな行為だと承知していたが、その瞬間、この人生どうとでもなれ、爆発上等、と思った。心はフォルトゥニー通りに、マダム・サラの青く澄んだ目に、燃えあがる茂みのような髪に、そして籐で編んだ特大ベッドに戻っていき……そこでふとわれに返った。吸いさしの葉巻を海へ放り、砂袋をいくつか投げ捨てた。高度を上げたら、北風をつかまえられるだろうか。

　モンティニー城近くに着地した。フランス人はこれまでと変わらず、温かくバーナビーを迎えてくれた。イギリスの政治制度の優越性を頑固に言い張っても、半ば冗談として受け流してくれた。そして、もっと食べろと言い、もう一本葉巻を吸えと言った。この暖炉わきなら、絶対に爆発の心配はないから、と。

イギリスに戻ったバーナビーは、すぐ執筆に取りかかった。横断飛行があったのは三月二十三日のこと。『海峡横断飛行、およびその他の空の冒険』がサンプソン・ロー社から刊行されたのは、それから十三日後、四月五日のことだ。

その前日、一八八二年四月四日、サラ・ベルナールがアーリステデス・ダーマラと結婚した。ギリシャの外交官から俳優に転身した男で、見栄っ張り、傲慢、女たらし（ついでに、金遣いの荒さ、ギャンブル好き、モルヒネ耽溺）で有名だった。ダーマラがギリシア正教、ベルナールがユダヤ系カトリックだったため、もっとも簡単に結婚できる場所としてロンドンが選ばれ、二人はウェルズ通りにある新教のセントアンドリューズ教会で式をあげた。新婚旅行中の読書用にベルナールがバーナビーの本を買ったかどうかはわからない。結婚はひどい失敗だった。

三年後、バーナビーはウルズリー卿指揮下のゴードン将軍救出隊に強引に潜り込み、ハルツームを目指した。だが、アブクレアの戦いで、マフディー軍兵士の槍に首を刺されて死んだ。

バーナビー夫人は再婚し、やがて作家として多くの作品を残した。最初の夫フレッドが死んで十年後、『雪景色を撮るには』という手引き書を出しているが、これはもう絶版となって久しい。

深さの喪失

これまで一緒だったことのない者が、二人、一緒になる。結果はときに大失敗となる。たとえば水素気球と熱気球を初めてつなぎ合わせたときのように、墜落して炎上したり、炎上して墜落したり。だが、ときには成功して、そこから新しい何かが生まれ、世界を変えることもある。ただ、その場合もいずれは――遅かれ早かれ――あれやこれやの理由で一人が連れ去られる。そのとき失われるものは、それまであった二人の合計より大きい。そんなことは数学的にありえないかもしれないが、感情的にはありうる。

アブクレアの戦いのあと、「累々たるアラブ人の死体」が残った。埋葬は「やむをえず省略」されたが、死体検分は行われた。どの死体も一方の腕に革バンドを巻き、そこにマフディー作の祈りの言葉を刻んでいた。内容は、イギリスの鉄砲玉など、信じる者の前では水に変わるという託宣だ。恋愛中の人が抱く万能感や相手への信頼感も、そんな信仰心に似ている。その霊験で、人はときに——いや、けっこう頻繁に——弾丸のあいだをすり抜ける。雨粒をすり抜けるサラ・ベルナールのように。だが、首に向かって不意に伸びてくる槍の穂先は、やはりかわせない。すべてのラブストーリーはやがて悲しみの物語になる。

人生の各段階で、世界はざっと二つに分けられる。まずは、すでに初体験をすませた者とそうでない者。次いで、愛を知った者とまだ知らない者。さらにのちには——少なくとも運がよければ（いや、見方を変えれば、悪ければ、だろうか）——悲しみに堪えた者とそうでない者。この区分けは絶対的だ。いわば回帰線であり、越えるか越えないかしかない。

妻は私の命の核、核の命だった。三十二歳で出会い、三十年間一緒にいて、六十二歳で亡くした。妻は老いることを嫌っていた。二十代のころには、四十を超えて生きていたくないようなことも言っていたが、私自身は二人一緒の人生がずっとつづくことを願っていた。物事がしだいに穏やかになり、ゆっくりになり、昔のことを思い出すにも力を合わせることが必要になる日々までも、と。自分の手で妻の面倒を見ているところも想像した。その気になれば——実際の想像はそんなところまで及ばなかったが——ナダールがやったように、やさしい介護人の役割を学びながら、言葉を失った妻の横でこめかみの髪の乱れを直してやるところも想像できたろう（そんなに頼り切ることを妻は嫌がったと思うが、それはこの際関係ない）。夏から秋にかけて、現実にあったのは不安、驚き、恐れ、ショックだ。診断から死亡まで三十七日。私は顔を背けまいとした。つねに真正面から向き合おうとして、結果、一種歪んだ明晰さを得た。ほとんど毎晩のように、病院から帰るバスのなかで、一日の仕事を終えて帰宅する人々の横顔を憤りとともににらみつけた。この人々は平気だ、なぜ、と思った。なぜ知らず、なぜ暢気にすわっていられるのか。世界が変わろうとしている。なぜ誰の顔にも関心のかけらすらないのか。

死はありふれていながら、一つ一つが唯一無二だ。私たちはそんな特異な出来事の扱いが不得手で、もはやそれを大きなパターンの一部とみなせなくなっている。E・M・フォースターが言うとおり、「一つの死はそれ自身を説明できても、別の死の理解には役立たない」。

当然、別の死がもたらす悲しみの理解にも役立たない。その長さと深さ、その色調と手触り、和らぐと見せかけては繰り返す騙しの手口など。加えて最初のショックがある――お笑いぐさのようなコルク製救命胴着一つで、凍る北海へ墜落するときのあの衝撃が……。墜落するまえに、新しい現実への対応を準備しておけばいいではないか？　不可能だ。知人の夫が癌で死んだ。夫の闘病生活が長かったから、知人は十分準備しておけると考えた……というか、願った。そして、まえもって読書リストをつくってもらい、死別をあつかっている古典的な著作を集めた。だが、その瞬間が来たとき――振り返って、あの何十ヵ月がほんの数日にすぎなかったかのように感じる「その瞬間」が来たとき――リストは何の役にも立たなかった。

これから何年も、折にふれ、私はある女性作家の話を思い出すだろう。この作家は年上の夫に死なれた。悲しみに暮れながらも、心の中で真実の声が「これで自由」と小さくささやきかけるのを聞いたという。自分の番が来たとき私はこの話を思い出し、同じささやきが裏切りのように響くのではないかと恐れた。だが、そんな声は聞こえなかった。一言も。一つの悲しみは、別の悲しみの理解には役立たない。

悲しみは死と同じで、一つ一つが特異でありながら、ごくありふれている。だから、ありふれた譬《たと》えでいこう。車を買い替えるにあたって車種を変更したとする。とたんに、路上に同じ車種がうようよ走っていることに気づきだす。目へのつき方が以前とはちがう。妻や夫に死なれたときも同じことが起こる。とたんに寡夫や寡婦が目の前にうようよと現れだす。以前は透明であり、妻や夫が健在なら依然透明でありつづけているはずの人々だ。

悲しみ方は人それぞれだ。それもまたあたりまえと思うかもしれない。だが、誰かと死別した直後というのは特別な時期だ。当然と思えること、当然と感じられることなど何もない。ある友人が死に、妻と二人の子を残した。残された三人はどう振る舞ったか。妻は家の模様替えにとりかかった。息子は父の書斎に籠もり、遺言かもしれないあらゆる文書・伝言・走り書きを読みはじめて、終わるまで出てこなかった。娘は父親の遺灰を撒くのにそなえ、湖に浮かべるランタンをつくりはじめた。

外国の空港で死んだ友人がいる。荷物引渡所のコンベヤーに巻き込まれるという、悲惨で突然の死だった。夫人がカートをとりにいって戻ってくると、人だかりがしていた。誰かのスーツケースでも破裂したのかと思ったら、ちがう。破裂したのは自分の夫で、すでに死んでいた。一、二年後、私の妻が死んだとき、夫人が手紙をくれた。「とにかく、自然ってほんとうに正確」とあった。「大切さと痛みが正確に比例している。ある意味、だからこそ痛みをじっと味わいつづけられるのだと思う。どうでもいいことなら、もともと痛みなんてない」私はこの言葉に慰められ、その手紙を長いあいだデスクに置いていた。だが、痛みをじっと味わいつづけるなどできることだろうか、と疑ってもいた。そんな私は、結局、物事のとば口に立っていたにすぎなかった。

死・嘆・悲・哀・苦を表すには、古くからの言葉や言いまわしでなければしっくりこない。わかってはいた。現代風の曖昧表現や医学用語ではだめだ。悲しみは人間的な状態であって、医学的な状態ではない。悲しみを――ついでに何もかも――忘れさせてくれる薬はあるが、治してくれる薬はない。悲しみに沈む人は鬱なのではなく、理由があって、正当に、数学的に(「大切さと痛みが正確に比例」して)悲しんでいる。私の神経にとくに障ったのは、"pass"を使った婉曲表現だ。「奥様が"pass"されてお気の毒です」などと言われる。こちらからあちらへ移ったから"pass"か。だが、この動詞は小便をすること("pass water")や、血尿や血便が出ること("pass blood")の婉曲表現にも使われる。自分がいつも「死ぬ」を使うからといって、相手にも強要するなどできるはずもないが、中間を行くことはできよう。いつも妻と二人で出席していたある催しで、知人が私に歩み寄り、一言、「お一人欠けておられます」と言った。両方の意味で正しく、胸にすとんと落ちた。

一つの悲しみが別の悲しみを解明しないとしても、その二つには重なり合う部分もあるだろう。そこに、悲しむ者どうしの秘密の共有が成立する。私の知ることは私しか知らないという秘密——実際には、知ることがちがうというだけのことかもしれないが……。コクトーの映画の一場面のように、鏡を抜けると、そこに論理とパターンの一変した世界がある。身近な例を紹介しよう。私の妻が死ぬ三年前、古くからの友人、詩人のクリストファー・リードが夫人を亡くした。彼は妻の死とその後のことをいろいろと書いていて、ある詩で、生者による死者の否定を言っている。

だが、タブーと掟を押しつける部族的意志になら、わたしもまた出会った。わたしは乱暴に振る舞い、なごやかな食卓での会話に死んだ妻を呼びだした。一拍の静寂。恐怖と悪心をはらむショックの瞬間。

この数行を初めて読んだとき、君の友人はなんて奇妙な人々なんだ、と思った。それに、自分の振舞いが乱暴だったとは、君はほんとうには思ってないんだろう、とも思った。だが三年後、自分の番が来たとき、私にもわかった。私は妻について普通に語ろうと早いうちに決めていた（私が決めたというより、頭が混乱の極みにあって、心が勝手にそう決めていた）。語りたいとき、語る必要があるとき、私は遠慮なく語ろう。会話の中で妻に触れることは、普通のやりとりにおける普通のことではないか……仮に「普通」がとうの昔に消え失せているとしても。人が悲しむと、その悲しみによって周囲が分類され、立ち位置を変える。私はそのことにすぐ気づいた。友が篩《ふるい》にかけられて、ある者は合格し、ある者は不合格になる。古くからの友情が悲しみの共有で深まり、あるいは突然薄っぺらくなる。中年より若者、男より女のほうが成績がいい。驚くような結論ではないが、しかしやはり驚く。結局、年齢・性別・婚姻状況など、境遇が同じ者どうしのほうがよく理解しあえると思うではないか。

だが、その認識は甘かった。あるとき、私とほぼ同年齢で、全員既婚者の友人三人とレストランで会食した。あのときの「食卓での会話」を私は忘れない。三人とも私の妻とは長い知合いだった。合計すれば八十年とか九十年の知合いだ。それに、尋ねれば、三人とも異口同音に妻を大好きだったと答えたはずだ。だが、私が妻のことを口にしても、誰も反応しなかった。もう一度やってみた。また無反応。三度目になると、私も彼らの不作法と怯懦《きょうだ》にむかつき、たぶん意図的に挑発したと思う。それでも乗ってこない。三人は三度妻を否定し、そんな三人を私は悪く思った。

怒りの問題がある。たとえば死者に怒りを向ける人がいる。死ぬのは自分を見捨てること、裏切ること、だからけしからん、と。だが、自殺する人も含め、死にたくて死ぬ人などまずいないのだから、これは非合理な怒りだ。悲しみのうちに神に怒りをぶつける人もいるが、神が存在しないなら、これもまた非合理だ。ならば、と宇宙にあたる人もいて、こんなことが起こる宇宙に――死を不可避かつ不可逆にしている宇宙に――怒る。私自身を振り返ると、必ずしもそんなふうではなかった。二〇〇八年の秋、私にあったのは他のすべてを圧倒する無関心だったと思う。新聞を読んでも、テレビを見ても、伝えられる出来事に少しも興味をもてなかった。どのニュースも、能天気な客を乗せた満員バスと同じ、というか、その拡大版もしくは劣化版と思えた。あの移動する自己中心主義と無知への燃料――それがニュースだ。なぜかオバマの当選だけは大いに気になったが、その他のことには、世界のどこの何であれほとんど関心が向かなかった。世界の金融制度が墜落炎上の危機？　それがどうした。金では妻を救えなかった。ならば金になど意味がないし、制度崩壊を救うことにも意味がない。気候の変調がもはや引き返し不能な地点に差しかかりつつある？　私には関係ない。どうぞそのまま、先へ進むなら進んでくれたまえ。病院から車で帰宅する途中、一直線に伸びる道路が鉄橋の下に差しかかった。その手前で、不意にいくつかの言葉が頭に浮かんできた。声に出して何度も繰り返してみた。これは宇宙がただやることをやっているだけ。巨大でとてつもないことだが、ただそれだけのこと……。そうつぶやくことに慰めはなかった。いや、たぶん、ほかの可能性を否定するために発せられた偽の慰めだったのかもしれない。だが、宇宙がやることをやっているだけなら、宇宙それ自身にも同じことが起こるのではないか。まあ、勝手にするといい。世界が妻を救えないなら、救うつもりがないなら、私が世界を救ってやる義理もない。

ある知人の夫は、五十代半ばにして脳卒中でほぼ即死した。知人は夫に怒るというより、夫がその事実を知らなかったことに怒ったという。もうすぐ死ぬことを知らなかったのか。準備の時間はなかったのか――妻である自分と子供たちに別れを告げる時間さえ……。これは宇宙に対する怒りの一種だろう。無関心への怒りと言ってもいい。不意に死ぬまで何気なくつづいていく生――そんな生が内包する無関心への怒りだ。

そんな怒りの矛先は、ときに友人に向けられる。あの人たちが正しいことを言わず、やらなかったから。無理に急かせ、冷たくしたから……。悲しみのなかにいる人は自分が見えず、何が必要で、何を望むかなどわからない。わかるのは、何がいらず、何を望まないかだけだ。結果、売り言葉が飛び、買い言葉が返される。友人らは、死だけでなく悲しみをも怖がるようになり、はやり病でも避けるように悲しむ人を避ける。自分の分の哀悼までも、悲しむ人に――そんなつもりはなくても――任せきりにする。あるいは屈託のない空元気をよそおう。私が妻を埋葬して一週間後、「やあ」と電話がかかってきた。「いま、何してる？　休日はハイキングにでも行くかい？」瞬間、私は電話に向かって怒鳴り、切っていた。行くものか。休日のハイキングなど、私の人生がまだ順調だったとき妻と二人でやっていたことだ。

だが振り返ってみると、不思議なことに、あのひどいと思った誘いがいまはさほどに思えない。じつは、私は以前から、人生で「何か悪いこと」が起きたときどうするかを、折にふれ考えていた。悪いことを具体的にイメージしていたわけではないが、まあ、候補にあげうることはごく限られていよう。それが起こったら、どうするか。どうでもいいことを一つと、まじめなことを一つやろうと決めていた。前者は、いよいよルパート・マードックの軍門に降り、スポーツ専門チャンネルに加入すること。後者は、一人でのフランス徒歩旅行だ。フランス全土が無理なら、その一部でもいい。たとえば、ミディ運河沿いに地中海から大西洋まで横断する。ノートブックを入れたリュックを背に、起こった悪いことへの私なりの対処の試みを記録しながら歩く……。だが、実際に悪いことが起こってみると、私はもうブーツをはく意欲すら失っていた。それに、悲しみで足取りの重いそんな旅は、とうてい「休日のハイキング」と呼べるものではなかろう。

いろいろな人がいろいろな気晴らしを提案し、アドバイスをくれた。愛する人の死は一種の——極端な形の——離婚のようなものとほのめかす人がいたし、犬を飼えと助言してくれる人もいた。妻の代わりをさせるなんて、犬にはずいぶんな重荷だろうねと嫌味を言ってやった。夫を亡くしたある婦人からは「カップルに目をとめないように」と忠告されたが、私の周囲は夫婦者の友人だらけだ。半年ほどパリにアパートでも借りたら、と勧めてくれた友人もいる。それとも「グアドループ島の浜辺の小屋にする?」と。いまの家は、留守のあいだ夫と二人で面倒を見てあげる。わたしたち二人にとっても好都合だし、「フレディにも駆け回れる庭ができるから」だそうだ。この提案は、妻の人生最後の日にメールで来た。フレディは二人の飼い犬の名だ。

もちろん、沈黙する人も助言する人も、それぞれに悲しみを抱いているだろう。たぶん怒りも。そして、その怒りは私たちに――私に――向けられている。「悲しむ君のそばは居心地が悪い。だから、その悲しみが過ぎ去るまで近づきたくない」とか。「それに、奥さんなしの君は以前ほどおもしろくない」とも言うかもしれない。まあ、それは正しい。私自身もそう思う。同じ独り言でも、妻に話しかけているときは、なんとか聞くに堪えることを言えている気がするが、自分向けの独り言は話にならない。言いながら、「おい、私を退屈させるな」と声に出して自分をなじったりする。だから、いまの私が退屈だという言い分にならら同調する。アメリカの友人から、「君のほうが奥さんより先だと思っていた」と面と向かって言われたことがある。これもそのとおりだ。私のほうが早く死ぬ可能性が大きいと思っていた。仮にそれがその友人の願望だったとしても、私は文句を言うつもりはない。

それに、他人の目にどう映っているかなど、自分ではわからないものだ。内面がそのまま外面として現れているのか、そうでないのか。そもそも内面はどんなのか。それは上空百数十メートルからの落下のようだ。落下中、ずっと意識はある。爪先が薔薇の花壇に突き刺さり、膝までも埋まる。衝撃で内臓が破裂して、四方八方に飛び散る――内に感じるものはそんなところだ。ならば、きっと外見もそれに見合うだけのひどさだろう。一目見て、安全な話題に逃れようとする友人がいても不思議ではない。彼らは、たぶん、死と妻を避けているのではない。私を避けている。

私は妻にふたたび会えるなどと思っていない。姿を見ることも、声を聞くことも、この腕に抱くことも、ともに笑うことも、もうない。妻の足音をいまかいまかと待つことも、ドアが開く音に思わず笑むことも、妻と体を寄せ合うことも二度とない。肉体を脱した形で再会するなどとも信じない。死は死であると思う。一説に、悲しみとは一種暴力的な――多少は情状酌量の余地ある――自己憐憫だという。死者の目に映る自身の影にすぎないともいう。愛する人は死んでいて、もう苦しむことはなく、つらい時間を過ごすのは残された人なのだから、気の毒なのはそちらだと言う人もいる。どれも、悲しみを最小化して扱いやすくする試みであり、それを死にも適用しようとしているだけだろう。たしかに、私の悲しみの一部は自分に向けられている。私が何を失ったか見てくれ、私の人生がいかにみすぼらしくなったかを見てくれ……。だが、待て。妻についての悲しみはその何倍も、何十倍もあるぞ。最初からそうだった。妻が何を失ったかを見よ。人生を失い、肉体を失い、魂を失い、人生への飽くなき好奇心を失った。あのまばゆいばかりの好奇心にもうさらされることのない人生こそが、もしかしたら最大の敗者であり、真の被害者なのかもしれないとさえ思う。

周囲は事実を避け、真実を避け、名前を言うという単純なことさえ避けようとする。そんな周囲に、悲しむ人は怒る。だが、悲しむ人自身はどうだろう。自分はどれだけの真実を語るのか。やはり避けることに、ある程度まで加担しているのではないか。なぜなら、自分は両膝どころか心臓や首や脳みそまでも真実に埋まっていて、かえって真実の全体が見えていないし、仮に見えていても説明ができないからだ。ある友人が胆石で苦しんだ。除去手術を受け、あんなに痛かったことはないと話してくれた。友人はジャーナリストだ。描写には長けている。だから、どんな痛みかときいてみた。ところが、友人は思い出して涙ぐみ、じっと私を見るだけで、何も語らなかった。使える言葉が見当たらないというところだろう。こんなことはちょっとした会話の中でも起こる。言葉が役立たない。私が悲しみの真っただ中にいるとき、知人が数人の面前で「ところで、最近どうだい」と尋ねてきた。私は首を横に振った。騒々しい昼食の席だったし、ここでは話したくないと知ってほしかった。だが、知人はもっと答えやすくしてくれるつもりだったのか、「そうか。だが、君自身はどうなんだい」とつづけた。私は相手を払いのけるように手を振った。「君自身はどうか」と問われても、その自分というものが感じられず、幽体離脱のような状態にあった。「よかったり悪かったり」とお茶を濁しておくこともできたろう。それがスマートで正しい英国的対処法だったかもしれない。だが、悲しみに暮れる人がスマートで正しいことはめったになく、英国的であることすら難しい。

私はこう自分に問う。この渦巻くような喪失感は、妻を亡くしたせいか。二人一緒の人生を失ったせいか。妻の中にあって私を私たらしめていた何かをなくしたせいか。単純な絆を

――いや、さほど単純ではない愛を――なくしたせいか。それともその全部を、あるいは重なり合うあれこれを、少しずつなくしたせいなのか……。こうも問う。幸せだったという単なる記憶の中にどんな幸せがあるのか。そもそも、幸せとは何かを共有するところにしか成り立たないのに、記憶だけで幸せになるとは、どんな場合なのか。独りだけの幸せなど、離陸できない飛行装置のようなもの。自家撞着もいいところではないか。

自殺の問題は、早々に論理的帰結として立ち現れる。初めて自殺が頭をよぎったのは、目の前にずんと伸びていく歩道を見渡したときだ。その歩道は、いまでもほとんど毎日のように通る。通るたびにあとX月、あるいはX年（Xの最大値は2）と思う。それまで待って妻なしで生きていられないようなら――人生が無気力な時間の連続に過ぎないなら――行動を起こそう……。方法は早くに決めてある。熱い風呂をわかし、蛇口のわきにワイン入りのグラスを置き、とりわけ切れ味のいい日本製包丁を用意する。この段取りはかなり頻繁に考えたし、いまも考える。自殺について考えるほど自殺の危険は減るといわれる（悲しみと堪えることについては「……といわれる」という言い回しが多い）。ほんとうかどうかは知らない。人によっては逆に綿密な準備につながることもあるのではないか。自殺について考えることは、たぶんどちらの方向にも作用しうる。

八年間一緒に暮らしたパートナーがエイズで死んだ、という友人がいる。私に二つのことを打ち明けてくれた。一つは「問題は夜をどう乗り切るか」で、もう一つは「いいことは、何でも自分の好きなことができるという一点のみ」と。私の場合、最初の一つは問題ではなかった。然るべき薬を然るべき量だけ飲めば片づく。むしろ、夜より昼をどう乗り切るかが問題だった。二番目の、何でも好きなことができるという点は……私の場合、何かをするというのは、たいてい妻と一緒にすることを意味していた。独りで何かをすることもないではなかったが、それは半ば、あとで妻に話して聞かせる楽しみがあったからだ。そもそも妻の死の直後、私はいったい何をしたかったろう。ミディ運河の全長を歩くことなど問題外で、まさに正反対のことがしたかった。つまり、家に――妻が作り上げた空間、私の想像力の中ではいまでも妻が動きまわっている空間に――籠もることだ。結果的に、金を払うことで見られる、ありとあらゆるスポーツイベントを見つづけることになった。そのなかで気づいたのは、私の見たいものがきわめて限定されているということだ。あの数ヵ月間、私は感情的にとくに入れ込まずにすむスポーツだけを楽しんだ（気の乗らない視線を画面に向けつづけることを「楽しむ」と言えるなら)。たとえば、サッカーの試合ならミドルズブラ対スロバン・ブラチスラバ。それも、前半を見逃して、同点のまま進行している後半戦だけを見るのが理想。つまりはレベルが低く、見て興奮できるのはミドルズブラとブラチスラバの人々だけ、というような試合だ。普段の私なら振り向きもしない。だが、万事に無関心だった当時の私には感情が不足していた。他人に振り向けるほどの余剰を持たなかった。

私は妻の死を単純かつ絶対的に悼む。これは私の幸運であり、不運でもある。私は何かしている妻が恋しく、何もしていない妻が恋しい——そんな言葉が早くから頭に浮かんできた。これは、自分がどこにいて何者であるかを確認するために繰り返した呪文の一つだ。ほかには、たとえば車で家に帰るとき、「妻と一緒に帰るのでもなく、妻のところへ帰るのでもない」と声に出して心の準備をした。あるいは何かをミスしたとき、壊したとき、置き忘れたとき、「こんな損失は屁でもない」と自分を慰めた。悲しみの圧倒的な自己中心主義の中にいて、私はそこにも程度や差異があることを忘れていた。だが、あるとき知合いの女性から「私の悲しみ」がうらやましいと言われた。いったいなぜ、と問うと、「だって、X(夫の名)が死んだら、ただ悲しむだけじゃすまないもの」と言われた。知合いはそれ以上詳しく語らなかったし、語る必要もなかった。たしかに、私はある意味運がよかったのかもしれない、と思った。

あるとき、書き物をするために田舎に行き、初めて一、二日以上の時間を妻と離れて暮らした。いろいろな面で妻の不在を寂しく思い、それはほぼ予想どおりだったが、加えて一つ、道徳的にも妻の不在を意識したのが予想外だった。まあ、私には予想外でも、本来そうあるべきものかもしれない。愛の導く先は、思いや望みのとおりになるとはかぎらないが、それがどこに導くにせよ、真摯さや真実と無関係であってはなるまい。そうでなければ――もたらす結果において道徳的でなければ――愛は快楽の誇張された一形式にすぎなくなる。一方、愛の対極である悲しみは、道徳的空間に居場所をもたないように思える。悲しみの中を生き残ろうとするとき、私たちは丸まって防御の姿勢をとる。それは私たちを利己的にする。居場所は上空ではない。見下ろすべき景色はなく、自分の生を耳で聞くこともできない。

以前の私は、新聞の訃報欄を読むとき、記されている享年を自分の年齢と何気なく比較していた。あと何年で同じ年になるな、とか、その年をもう何年過ぎているな、とか。いまは訃報を読むたび、その人の結婚生活が何年つづいたかを考える。私より年数の多い人がいれば、うらやむ。その余分の一年一年がとても退屈だったり、ひどい束縛の時間だったりした可能性もあるわけだが、そんなことは頭をかすめもしない。私はその種の結婚生活に興味がなく、ただ幸せな年月だったと思うことにしている。そして、つぎにやもめ暮らしの長さを計算する。たとえば、ユージーン・ポリー氏の訃報には、一九一五年生まれで、二〇一二年没とあった。テレビ用リモコンの発明者だ。記事の最後に、「妻ブランチさんはポリー氏と三十四年間連れ添ったのち、一九七六年に死亡している」とある。私より結婚生活が長い一方で、三十六年間もやもめ暮らしだったことになる。ポリー氏はそんなに長い間、胸中で痛みを味わいつづけたのだろうか。

二回しか会ったことのない人から手紙をもらった。自分も数ヵ月前に「妻を癌で失った」と言い（これも気に障る表現だ。「愛犬をジプシーで失った」とか「妻を訪問販売員で失った」など言うだろうか）、悲しみは乗り越えられるし、乗り越えた人は以前より「強く」、ある意味、もっと「いい」人になれると言ってきた。すごいことを言う人だと思った。いくら強くいい人になったからといって、自分をほめすぎではないか――それより、ほんの数ヵ月でそんな結論を出せるものか——とも思った。妻のいない私が、妻のいる私よりいい人間になれる? どうやって……。結局、この人はニーチェの言葉を繰り返しているだけなのだろう。死なずに切り抜ければ強くなるというあれだ。だが、私はずっと以前からあのエピグラムは嘘くさいと感じていた。かろうじて生き残っても、弱り切ったままの人はたくさんいる。たとえば、拷問、強姦、家庭内暴力の被害者はどうだろう。その救済に携わっている人々にきいてみるといい。探せば、普通の生活の中で心に深い傷を負った人々もきっと見つかるだろう。

悲しみは時間を組み替える。時間の長さ、手触り、働きが変わる。そうでないなら——ある一日がその翌日となんら変わらないなら——私たちはなぜその一日を選んで特別の名前を与えるだろうか。悲しみは空間も組み替える。新しい地図作製法によって地形が生まれ変わり、私たちはまるで十七世紀の地図を頼るようにして、新しい地形で方角を推し量る。頼るべき目印は、喪失の砂漠、(そよとも風の吹かない)無関心の湖、(干上がった)荒廃の川、自己憐憫の底なし沼、(地下に潜った)記憶の洞窟だ。

新しく発見されたこの土地に痛みの序列は存在せず、ただ痛みの感覚の序列だけがある

――誰が一番高くから落ちて、誰の内臓が一番多く地面に飛び散ったか。ただ……悲しみがそれほど真正直な感情であることはまれで、たいていは不条理さをともなう。そこでは、自分が理性的な存在、正当な存在であるという感覚が失われる。まるでナダールの撮影したカタコンブで、頭蓋骨の転がるなかに服を着せられて立つマネキンになったかのような、それともソファーのクッションを次から次へ飲み込まずにいられず、ついにはベルナールに撃ち殺されたボアになったかのような、そんなばかばかしさがある。

手のキーホルダーを見る。かつては妻のものだった。いまそこにぶら下がっているのは、家の玄関の鍵と墓地の裏門の鍵の二つだけだ。これが私の人生、と思う。不思議な連続性に気づく。たとえば、妻は乾燥肌で、私がよく背中にオイルを塗ってやった。いまは妻の墓標がオーク製で、乾燥しがちのため私がよく油を塗る。だが、連続性に気づいても、それを物事のパターンとみなす感性が欠けている。フレッド・バーナビーは、人生のごく初期、器械体操中に器具から六メートルも吹っ飛んで、脚の骨を折った。サラ・ベルナールは、人生の終わり近く、『トスカ』を演じるなかでサンタンジェロ城の胸壁から飛び降り、裏方が緩衝用マットレスを積み重ねておくのを忘れたため脚の骨を折った。ナダールもまたルジアン号の墜落で脚の骨を折っているし、私の妻も玄関の石段から落ちて脚の骨を折った。これはパターンとみなしてよいのではないか。だが、悲しみに打ちひしがれていた私には、奇妙ながら、ただの偶然としか思えなかった。どれもありがちなこと、ただの高さの問題、一人一人が人生でどれだけ落下するかの問題……と。たぶん、悲しみはすべてのパターンを打ち壊すだけでなく、パターンが存在するという信念を破壊する。だが、私たちはその信念なしには生きていけないと思う。だから、みなパターンを発見し、あるいは作り直した振りをする。作家は、自分の言葉が作り出すパターンを信じる。それが着想を膨らませ、物語に発展し、真実に至ることを望み、信じる。悲しみに打ちひしがれていようが、悲しみとは無縁だろうが、それがいつの世でも作家の救いとなる。

ニーチェがいて、ナダールがいて、神は死んだ。人間を見守る神はもはやおらず、人間を見守るのは人間になった。ナダールがもたらした距離（高さ）がそれを可能にした。ナダールが与えてくれたのは神の距離であり、神瞰図だ。その行き着く先には、当面「地球の出」があり、月の周回軌道から撮った写真の数々がある。写真に見る私たちの惑星は、天文学者ならぬ素人の目には他の惑星とあまり変わらない。静かに自転し、美しく死んでいて、とくに意味がない。神も人間をそう見ていたのだろうか。だから姿を隠したのだろうか。もちろん、不在を決め込む神など私は信じないが、そんな物語からならいいパターンが生まれそうだ。

私たちは神を殺し、または追放し、そうすることで自分自身をも殺した。そのことの認識は十分だったろうか。神がなければ来世はなく、私たちもない。もちろん、神など――長い付き合いとはいえ単なる想像上の友など――殺して正解だった。もともと来世などありはしない。だが、私たちがしたことは、いわば木の枝を、そこに腰かけるわが身もろとも切り落とすことだった。高い枝から見た景色は、たとえ幻にすぎなくても、悪い景色ではなかった。

私たちは神の高みを失い、代わりにナダールの高さを得た。そしてその過程で深さを失った。遠い昔、人は死者の住む地下の世界に行くことができた。だが、そのメタファーはいま失われて、人が行けるのは物理的な地下だけになった。冥府ではなく、ただの地下だ。そこで洞窟探検をしたり、鉱物資源を掘ったりする。一部に、地上での活動をすべて終えてから地下に行く人もいる。たいした距離を行くわけではなく、ほんの二メートルほどだ。だが、穴の縁に立って花を投げ落とし、棺桶の蓋で真鍮の名札が一瞬光るのを見るとき、私たちは深さの尺度をなくす。その二メートルがはるか下に見え、はるか下に感じられる。

そんな深さを避け、少しばかりの高さを得ようと、自分の遺灰をロケットで打ち上げてほしいと望む人がいる。なんとか天に近づきたいという思いだろうか。気球で空に飛んだサラ・ベルナールは、地上を這いまわる人々を見下ろし、イギリス人観光客と結婚式参列者の一団の仰向く顔めがけ、楽しげに砂袋を投げ落とした。今日でも、突然のロケットを見上げ、火葬場を出て間もない人間の灰を顔面いっぱいに受けた人が、すでにいるのかもしれない。富裕層や有名人が、将来、自分の遺灰を地球の周回軌道に——月の周回軌道にさえ——打ち上げようとするのは間違いあるまい。

「悲しむ」と「悼む」の問題がある。前者は状態、後者はプロセスととらえれば、一応、二つを区別できよう。だが、当然、重複する部分はある。さらに、状態は希薄化していくのか。プロセスは進行していくのか。どうすればわかるだろう。たぶん、メタファーで考えたほうがとらえやすいかもしれない。悲しむのは垂直的で、目まいをともなう。一方、悼むのは水平的だ。悲しみの中にある人は、胃袋がでんぐりがえり、息がつまり、脳への血流が断たれる。悼みは人を新しい方向へ押しやるが、全身をすっぽりと雲に包まれていては、いったい自分が進んでいるのかどうかすらわからない。進んでいるつもりで、実は座礁しているのかもしれない。バーナビーは、小さな紙のパラシュートと四十五メートルの絹紐で進行速度を測った。だが、そんな便利なものはいまない。わかっているのは、物事に作用する自分の力がとても小さいということだけだ。新米も新米、生まれて初めて空を飛ぶ飛行士だ。気球の下に独りぶら下がる身に、あるのは数キロの砂袋のみ。いや、手の中にある見たこともないこれはバルブ紐と言うそうだが、いったいどう使うのか。

最初は、妻と一緒にしていたことをつづけようとする――愛ゆえに、習慣になっているから、パターンが必要だから、と。だが、すぐに罠にはまっていることに気づく。妻と一緒にやっていたことを妻なしで繰り返せば、よけいに妻を思い出すだけだ。といって、妻と一緒にやっていなかった新しいことを始めれば、逆の方角から妻を思い出すことにしかならない。二人だけに通用する言葉や意味のあや、からかい、便法、楽屋落ち、ばかばかしい軽口、怒った振り、そっとささやくエロチックな一言……思い出にあふれる片言隻句の数々は、他人に説明しても意味をなさない。

どんなボヘミアンのカップルでも、二人が一緒に暮らしていれば、生活のなかでいくつものパターンが作り上げられていく。そして、それは一年周期で繰り返される。だから、一方が死んだあとの最初の一年間は、二人が慣れ親しんできた一年一年の陰画のようになる。カレンダー上に行事がちりばめられていても、その日に何かが行われることはない——クリスマス、夫の誕生日、妻の誕生日、二人の出会いの記念日、結婚記念日……。そして新しい記念日が加わる——恐怖に見舞われた日、初めて妻が倒れた日、入院した日、退院した日、死んだ日、埋葬した日……。

二年目は一年目ほどひどくないはずだ、と思う。堪えなければならない苦痛は、どれも一年目に遭遇ずみだ。だから、二年目を迎える用意はできている、と思う。二年目はただそれを繰り返すだけだ、と。だが……繰り返しだからといって、痛みが和らぐ保証がどこにあるだろう。そして実際に繰り返しが始まり、私は今後やってくるすべての繰り返しのことを思う。悲しみは愛情の裏返しだ。長年にわたる愛情の積み重ねがあるのなら、悲しみにも同じことが起こって不思議ないのではないか。

それに、不意打ちのように現れる苦痛もある。まったくの予想外だから、無防備で受け止めるしかない。たとえば、私たち数人が囲むテーブルに、姪の七歳になる娘がいる。「仲間外れ」という新しいゲームに夢中になっていて、それで一同を楽しませている。誰それは仲間外れ。だって、目が青いから、上着が茶色だから、金魚を飼っているから、など。そして、いかにも子供らしい論理で、唐突に「ジュリアンは仲間外れ」と言う。「だって、奥さんが死んでいるのは、ここでは一人だけだから」と。

しばらく時間が経ってからのあの瞬間のことを、私はよく覚えている。それは突然やってきた自問自答の瞬間であり、あれ以後、私が自殺に走る可能性は低くなった。いま妻が生きているとすれば、どこにいるか。私はそう問い、私の記憶の中だと答えた。もちろん、他の人々の心の中でも力強く生きつづけているだろうが、主たる記憶者は私だ。どこかにいるとすれば、私の内部で血肉化されている。それは自明のこと。もし私が自殺すれば、それは妻をも殺すことになる。だから自殺はできない。これも自明のことであり、反駁の余地はない。私の自殺で妻は二度目の死を迎え、私の中にあるまばゆいばかりの妻の記憶は、浴槽の水が赤くなるにつれ薄れていく……。最後の（当面最後の）決断は簡単だった。それに関連するやや幅広い問題、私はどう生きるべきかへの答えも、同様に簡単だった。私は、妻が私に望んだはずの生き方をしなければならない。

数ヵ月後、私は公の場所に顔を出すようになり、芝居、コンサート、オペラにも行きはじめた。だが、そういう場所のロビーが怖くてたまらないことに気づいた。空間それ自体ではなく、その内部にあるものが怖い。上演を待ち望み、胸をわくわくさせている陽気な人々。普通の人々だが、ロビーに満ちる騒音と、目に映る落ち着いた日常性が、私には堪えられなかった。妻の死に無頓着な、バスの乗客がここにも……。そこで友人が保護者役を買ってでた。劇場の前で私を迎え、子供のように席に連れていってくれた。着席すると安全な感じがし、ライトが消えるといっそうの安心感があった。

私が最初に連れていかれた芝居は『オイディプス王』だ。オペラはシュトラウスの『エレクトラ』。もとより、どちらも悲劇中の悲劇で、神々が人間の罪に対して堪えがたい罰を与える。だが、観劇中、私は恐怖と哀れみの支配する遠い古代文明に転送されたようには感じず、むしろ、オイディプス王とエレクトラが私のもとへ、私の国、私がいま暮らす新しい土地へやってきたように感じた。そして意外なことに、それを境に私はオペラへの愛にとりつかれた。それまでは、オペラこそもっとも理解しにくい芸術の一つだと思っていた。粗筋を丹念に読んでいっても、舞台上で何が起こっているかよく理解できなかったし、このジャンルは正装してピクニックに行くような人々の独占物だという偏見もあった。だが、理解しにくさの最大の理由は、それが想像上の飛躍を要求する芸術形式なのに、その飛躍が私にはできなかったことにあったと思う。私にとってオペラはとても嘘っぽい芝居に思えた。構成がひどく杜撰だし、登場人物どうしが相手と額を突き合わせて、怒鳴り合っている。最初の困難は、言葉が外国語でよくわからないという問題だったが、これは字幕の導入で解決された。すると、会場の暗さと悲しみの暗さが重なり合うなかで、突然、この芸術の嘘っぽさが消えた。人々が舞台に立ち、互いに歌い合うことがまったく自然になった。思えば、高さと深さの両方において、歌唱は話し言葉より根源的な伝達手段だ。ベルディの『ドン・カルロ』では、主人公がフォンテーヌブローの森でフランスの王女に出会い、たちまちその前にひざまずいて、「わが名はカルロ、あなたを愛します」と歌いだす。そうだ、と私は思った。それでいい。それが人生のあるがままの姿であり、あるべき姿だ。要はことの本質にだけ集中することだ……。もちろん、オペラには筋書がある。これから繰り広げられようとする未知の物語に、私もすでに胸をわくわくさせていた。だが、その筋書の主たる目的は何か。登場人物の一人一人をできるだけ早く適切な場面に連れていき、そこでそれぞれのもっとも深い感情を歌わせることだ。オペラは死と同様、容赦なく急所に切り込む。こうして、ミドルズブラ対スロバン・ブラチスラバ戦を楽しむ安穏な無関心が、暴力的・圧倒的・狂乱的・破壊的な感情の支配する芸術形式への渇望と共存することになった。オペラは、他のどれよりもあからさまに、見る者の心を砕こうとする芸術形式だ。私の新しい社会的リアリズムがそこにあった。

グルックの『オルフェオとエウリディーチェ』がニューヨークで上演されることになり、それが直接衛星放送されるというのでロンドンの映画館に行った。きちんと予習もしておいた。台本片手にオペラ全体を聞いたのだが、正直、この作品には期待できないなと思っていた。男の妻が死ぬ。その嘆きが神々の心を揺さぶり、男は冥府に下ることを許される。妻を見つけ、地上に連れもどすことも許される。だが、一つ条件がつく。ぶじ地上にもどるまで、妻の顔を見てはならない。見たが最後、妻を永遠に失う。男は妻を見かけ、冥府から連れ出そうとする。だが、顔を見てくれない夫に妻が不安がり、振り向いて顔を見て、とせがむ。夫は抗しきれず振り向き、妻は死ぬ。夫は前回よりさらに激しく嘆き、短剣で自殺しようとする。そのとき、男が見せた妻への愛の深さに打たれて愛の神が現れ、妻を生き返らせる。

おい、おい、と私は思った。べつに神の存在やその行動が問題なのではない。信じろと言われれば素直に信じよう。問題は、正気の人間が、振り向けばどうなるかわかっていて振り向くかどうかだ。そんな男がいるはずはない、と思った。じつはもう一つ問題があって、オルフェオ役はもともとカストラートかカウンターテナーが受け持ち、現在ではズボン役（男装の女性歌手）が担当するのが普通だが、この上演では野太いコントラルトで歌われていた。だが、そんな難点はあっても、結論として私は『オルフェオ』を見くびっていた。悲しみに打ちひしがれている人をピンポイントで狙い撃つ――それがこの作品だ。あの映画館で、私はふたたび芸術の奇蹟的詐欺を見る思いがした。もちろん、オルフェオは振り向く。そして嘆願するエウリディーチェを見る。どうして見ずにいられよう。「正気の人間」なら決してしなくても、オルフェオは愛と悲しみと希望で正気をなくした男だ。ほんの一瞥のために世界を失うようなことをするか。もちろん、する。世界は、こういう状況で失われるためにある。振り向かないという誓いなど、エウリディーチェの声を背後に聞きながら、どうして守れよう。

オルフェオが冥府に下るとき、神々は条件を突きつけて、受け入れを迫る。死に直面したとき、私たちの内部で交渉人が目覚めることはしょっちゅうだ。本で読み、映画で見、身の上話のなかで聞いたことがないだろうか。誰かが神に――または天上の誰かに――約束する。わたしを、わたしが愛する誰かを、その両方を助けてくれたら、これからはかくかくしかじかに生きます……。自分の番がきて、あの恐れに満ちた三十七日間を過ごしたとき、私はとくに交渉の誘惑には駆られなかった。それは、私の宇宙に交渉の相手が存在しなかったからだし、いまも存在しない。私は妻の命と引き換えにすべての書籍を差し出すだろうか。私自身の命を差し出すだろうか。差し出すと言うのは簡単だ。だが、そんな疑問はただ問うための問いかけにすぎず、仮の話であり、オペラ的だ。子供が「なんで?」と聞くあれと変わらない。なんで、なんで……。譲りたくない親は「なんででも」と答えるほかない。こうして、あの鉄橋に向かって車を走らせながら、私は頑固に「宇宙がただやることをやっているだけ」と繰り返した。無駄な希望や意味のない遊びに惑わされないため、私はそう繰り返した。

私にもほんの少数ながらクリスチャンの友人がいる。その一人に妻が重篤であることを話した。友人は、奥さんのために祈ると言った。私はとくに断らなかったが、多少の苦々しさをこめて、君の神はあまり力がないようだと言った(われながら驚いた)。友人は「本来なら奥さんはもっと苦しんでいたかも、と考えたことはないか」と答えた。なるほど、それがガリラヤの人とその父親にできる精一杯なのか、と私は思った。

そんなこんながあって、車で通るたびにくぐるあの鉄橋は、私にとって単なる橋以上のものになっていった。セントパンクラス駅に向かうユーロスターがこの鉄橋を通る。ターミナル駅がウォータールーからセントパンクラスに変わって便利になってから、私はよく、妻と二人でユーロスターに乗ってパリやブリュッセルやその先へ旅するところを想像した。だが、なぜか実現しないいまま、いま実現は不可能になった。ひっそりと立つ鉄橋は、こうして、私たち二人の失われた将来の一部——突っ走ることも惑うことも含む、二人がもはや共有することのない人生の一部——を象徴するものとなった。同時に、過去になせなかったこと、守れなかった約束、不注意、不親切、力及ばなかったことの象徴でもある。私はあの鉄橋を憎み、恐れる。だが、通る道を変えたことはない。

一年ほど経って、私はまた『オルフェオ』を見た。今回はライブ上演で、衣装も現代風。さらに異例なことに、エウリディーチェの死の場面から始まる。カクテルパーティでみなが浮かれている。赤いドレスがひときわ目を引き、観客にはこれがエウリディーチェだろうとわかる。突然、それが床に倒れる。パーティの客が周囲に集まり、オルフェオがわきにひざまずく。だが、エウリディーチェは助からない。高さを失い、床のセリからゆっくり落ちていく。オルフェオが必死に手でとどめ、支えようとするが、その手から滑り落ち、ドレスからも滑り出て、落ちていく。赤い布束を手にしたオルフェオが舞台に取り残される。

衣装が現代風でも、オペラの魔力は健在だ。だが、私たちはそうはいかない。現代の衣装ではオルフェオになれず、エウリディーチェになれない。昔ながらのメタファーは失われ、新しいメタファーが必要となる。私たちはオルフェオが下ったようには下れない。別の方法で下り、別の方法で連れ戻さねばならない。私たちにできるのは夢で下ること、そして記憶の中で下ることだ。

まさかと思うかもしれないが（最初からまさかまさかの連続だったから、いまさらとも思うが）、初めのうちは記憶より夢のほうが確実で、信頼できる。夢に出てくる妻は、外見も振舞いもいつもの妻らしい。落ち着いて、愉快そうで、幸せそうで、セクシーで、妻だとすぐわかる。だから私もいつもの私自身になれる。夢は、毎回、すぐに同じパターンに移行し、終わる。二人は一緒で、妻は見るからに健康だ。だから私は、きっと診断が誤っていたか奇蹟的な回復があったのだと思う。少なくとも余命が数年は延びて、二人一緒の生活がまだつづくと思う（というか、これは夢だから、単に思うどころか、私はそうなると知っている）。この幻想はしばらくつづくが、やがて、実際に妻は死んでいることを思い出し、これは夢にちがいないと思いはじめる（というか、これは夢であり、私はもう夢であることを知っている）。ひととき幻想に浸れたことで幸せな気分で目覚めるが、一方で、それが現実によって終了させられたことに落胆していて、自分から夢にもどろうとは思わない。

日によっては、夜、電気を消したあと、最近夢に出てきてくれないね、と文句を言うことがある。すると、その夜はたいてい出てきてくれる（私の文句に妻が応えて出てきてくれるかのようだが、もちろん、これは私の内部で起こる私由来の出来事であって、それ以外の何かであるなどとは一瞬も思ったことがない）。そういう夢の中で、私たちはキスをすることがある。いつも笑いにつながる陽気さがあふれている。妻は私を責めたり非難したりしないし、私に罪の意識や負い目を感じさせることもない（私由来の夢だから、自分に都合よくできていて当然、いわば自己満足のための夢ともいえる）。たぶん、生きている現実の時間が後悔や自責にあふれていることも、そういう夢になる原因なのだろう。

記憶をたどろうとして挫折するのも、同じ理由からだと思う。妻が死んだ年の年頭より前を思い出せなくなって、もう長い。いくら努力しても、思い出せるのは一月から十月までだ。この年はチリとアルゼンチンでの三週間があって、私の六十二回目の誕生日は、猿も登るのに困るというチリ松の森の中、飛び交うマゼランキツツキを見上げながら過ごした。そのあと普通の生活があって、シチリア島でのハイキング休暇へとつづく。ここで見聞きしたものが、私と妻の共有する最後の思い出となった。巨茴香《おおういきょう》、丘の斜面を覆いつくす野生の花々、アントネッロ・ダ・メッシーナの絵、ヤマアラシの剝製、ベスパの週末を祝おうと漁村に集まったスクーター愛好者とそのエンジン音。だが、その後、イギリスにもどると、一転、不安と、募る恐怖、そして突然の崩壊だ。妻の衰弱、入院、帰宅、死亡、埋葬——その一部始終を私はすべて覚えている。

だが、一月から向こうへは、記憶が焼き尽くされたようでさかのぼれない。妻の同僚で夫に死なれた人が、珍しいことではない、と言う。記憶はもどるわよ、とも断言する。だが、私の人生に確実なことはほとんど残されていない。もう何事もパターンには従わず、だから私自身は懐疑的だ。すでにすべてが起こってしまったいま、さらに何かが起こるなど、ありうるだろうか。妻が再度遠ざかりつつあるような気がする。私は現在において妻を失ったあげく、過去においても妻を失いつつある。記憶という心の写真アルバムが機能をなくしつつある。

沈黙を決め込む人々は、ここでも助けにならない。私の人生で新しい役割を持つことになった人々なのに、それを理解してくれない（どうして理解できよう）。妻に死なれた私は、友人を友人としてのほかに協力者として必要としている。みな、私の人生のさまざまな出来事の主要な目撃者だ。その彼らに口を閉ざされたら、私が過去に抱く疑いは抑えようがないではないか。だから、一瞬のことでもいい、口から偶然出ただけの片言隻句でもいい、私が――私たち二人が――かつてどう見えていたかを語ってほしい。心の内に知るだけでなく外に見えたことを正しく証言し、裏づけ、思い出してほしい。それこそがいまの私にできないことだから。

私は、妻が最後にしたことどもをはっきり覚えている。読んでいた最後の本は何か、一緒に行った最後の芝居（映画、コンサート、オペラ、美術展）は何か、飲んだ最後のワインは何か、最後に買った服はどれか、遠出した最後の週末はいつだったか、自宅以外で最後に一緒に寝たベッドはどこのか、最後のあれ、最後のこれ……。妻が最後に読んで笑った私の文章、書き記した最後の言葉、最後の署名、妻の帰宅に合わせて私が弾いた最後の曲、妻がしゃべった最後の完全なセンテンス、最後の言葉……。

一九六〇年、私たち二人の友人で、当時ロンドンで作家活動をしていた若いアメリカ女性がいた。トラベラーズクラブの昼食会に参加し、帰りのタクシーでアイビー・コンプトン＝バーネットと相乗りになった。最初は二人で普通に会話をしていた。コンプトン＝バーネットの口調はごく自然で、クラブのこと、主催者のこと、料理のことなど話していたが、突然、顔の向きが微妙に変わり——だが、口調にはなんの変化もなく——マーガレット・ジャーディン相手に話しはじめた。三十年間コンプトン＝バーネットと同居して、一九五一年に死んだ相手だ。当然、タクシーには乗っていないが、関係ない。ジャーディンと話したかったから話した。サウスケンジントンに着くまで、ずっと故人との会話をつづけたという。

私にはごく自然なことに思える。子供に想像上の友達がいても、誰も驚きはしないのに、大人にいたらなぜ驚くのか。まあ、大人の場合、想像上の人物が実在の人物でもある点が異なるのだが。

画家ボナールは、モデルであり愛人であり、のちに妻となるマルトを、入浴する若い娘として描いた。それは、マルトがもはや若いとはいえなくなっても変わらず、死んだのちでさえ同様に描きつづけた。十数年前にロンドンでボナール展が開かれたとき、ある美術批評家がそのことを指して「病的」と評した。だが、私自身が受けた印象は、当時から正反対だ。完全に正常なことだと思う。

コンプトン＝バーネットは、「びんびんと伝わる怒りのような激しさ」でジャーディンの死を嘆いた。ある友人に「あなたがマーガレットに会えていたら、もっとたくさんのわたしに会えていたでしょうに」と書き送り、大英帝国勲章を受けてデイムに叙せられたときは、「一番会いたい人、マーガレット・ジャーデインが死んで十六年です。まだ伝えきれていないことがたくさんあって……マーガレットが知らない以上、デイムになれた気がしません」と書いた。真実の言葉だ。悲しみに打ちひしがれた人の喪失感とはこうしたもの。愛する人に知ってもらいたくて、絶えず報告をつづける。自分をごまかしているだけとわかっていても（わかってやっているのなら、ごまかしではないか……）やらずにいられない。何をしても、今後何を成し遂げても、その内容は薄く、弱く、軽くなる。こだまが返ってこない。手触りがなく、共鳴がなく、奥行がない。

かつて辞書編纂に携わっていた私は、規範主義でなく記述主義をとる。英語はつねに変化している。言葉と意味が完全に一致し、言語がモルタルいらずの壁のように確固として壮大だった黄金時代などはない。言葉は生まれ、生き、衰え、死んでいく。言語宇宙が、やることをただやっている。だが、作家として、通常の偏見をもつ英語国民の一人として、たとえば“decimate（十人に一人の割合で殺す）”が“massacre（皆殺し）”の意味で使われ、“disinterested”のもつ「公平無私」という有用な意味が弱められていくのを見るとき、私は他の心ある英語国民とともにうめき、嘆く。“pass”が「死ぬ」の婉曲表現に使われ、「妻を癌で失う」のような言い方がまかりとおるとき、思わず顔がこわばる。“uxorious”という形容詞の誤用も嘆かわしい。よほど気をつけないと、「愛妻家」という本来の意味が、「一夫多妻」や、怪しげな「女好き」に変化していきかねない。将来の辞書がどう定義することになろうと、それは困る。この言葉は、いまも将来も「妻を愛する男」——三十年間ずっと妻カミーユ・ファルトを愛し、描きつづけたオディロン・ルドンのような男――を言う。一八六九年にルドンはこう書いている。

男の性格は、その連れまたは妻を見ればわかる。すべての男は、その愛する女によってつまびらかにされる。逆もまた真であり、男を見れば、彼を愛する女の性格がわかる。男女間には親密かつ繊細な結びつきが無数に存在し、二人を見る第三者の目にそれが映らないことはまれである。最大の幸せはつねに最大の調和から生じる――わたしはそう信じる。

ルドンがこれを書いたのは妻カミーユと出会う九年前のことだ。したり顔の夫としてでなく、孤独な観察者として書いている。二人は一八八〇年に結婚し、それから十八年後、ルドンはこう振り返る。

結婚式でわたしが発した「誓います」の一言ほど、完璧で迷いがなく、確信をもって言えた一言はない――そう断言できる。自分の天職についてさえ感じたことがないほどの絶対的な確信だった。

フォード・マドックス・フォードは「結婚は会話をつづけるためにするもの」と言った。当然、一方の死で中断してはなるまい。批評家H・L・メンケンと妻サラの結婚生活は、四年九ヵ月後、サラの死で終わった。やもめ暮らしが五年目に入ったとき、メンケンはこう書いた。

わたしはいまだに毎日、ほとんど一日中、サラのことを思っている。これは誇張のない事実だ。サラの気に入りそうな何かを見ると、思わず、買っていって見せてやろうとつぶやく。そして、何かにつけ、これはサラに話して聞かせねば、と思う。

誰かが死んだという事実は、その人がいま生きていないことを意味するかもしれないが、存在しないことまでは意味しない。悲しみの回帰線を越えたことがない人には、そこのところが理解できない。

私も絶えず妻に話しかけている。それがごく自然なことのように思うし、必要なことでもある。いま何をしているか、今日一日何をしたかを語り、感想を述べる。運転中に何か目につけば指し示してやり、妻から返ってくる答えを声にする。失われた二人だけのやりとりを復活させる。私が妻をからかい、妻がからかい返す。もうすべてそらんじている。妻の声は私の心を静め、勇気を与えてくれる。いま、あそこにあるデスク上の小さな写真の妻は、表情がなんだかいぶかしげだ。だから、私は何だろうと思い、その問いかけに答えてやる。家の中のつまらない問題でも、短いやりとりで楽しくなる。あのバスマットはもうみっともないから捨てていい、と妻も同意する。こんなやりとりは、外部の目には奇妙で、病的で、自己欺瞞にも見えるだろうか。だが、外部の目とは、すなわち悲しみを知らない目のことだ。私の内部にはすでに血肉化された妻がいて、いままでは簡単に、自然に、外に投影できる。妻の不在を私が四年間も堪えぬけたのは、その四年間、妻の存在を感じていたからにほかならない。これが悲しみのパラドックスでなくてなんだろう。妻の能動的存在がつづいているということは、私が先に述べた悲観的主張を否定する。結局のところ、悲しみもまた、ある意味、道徳的空間でありうるということだろうか。

私が話しかけると、妻はかならず答えてくれるが、私の腹話術には限界がある。以前起こったことになら、妻が何と言ったか思い出せるし、よく似たことになら、何と言うか想像できる。だが、まったく新しい出来事だと、反応を声にできない。たとえば、死後五年目に入ってすぐにこんなことがあった。近しい友人の息子のことだ。穏やかで才能ある子が、穏やかで悩み多い若者に成長し、自殺した。私は悲しみながらも困惑して、何日間もその無残な死に十分反応できずにいた。やがてその理由がわかった。妻に語って、その答えを聞けなかったことだ。二人の共通の記憶をよみがえらせ、比較することができなかったからだ。妻一人を失うことで、毛色のちがう仲間を何人も失ったことには気づいていたが、ここにもう一人いた。ともに嘆き悲しんでくれる仲間——私はそれを失った。

友人からアントニオ・タブッキの『供述によるとペレイラは……』をもらった。一九三八年のリスボンを舞台にした小説で、死と記憶が大きなテーマになっている。主人公ペレイラは愛妻家のジャーナリストで、肺病病みだった妻を数年前になくしている。自身もいま太りすぎで不健康のため、海洋療法クリニックに入院する。この物語で世俗的「賢者」の役を務めるのが、そこの院長、不愛想なカルドーゾ医師だ。過去を脱ぎ捨てて現在に生きることを学べ、とペレイラに言い、「生き方をあらためないと、やがて死んだかみさんの写真に話しかけるようになるぞ」と警告する。「それはずっとやってきたし、いまでもやっています」とペレイラは答える。「この身に起こることを全部話すんです。すると、写真が答えてくれるみたいなんで……」と。自信満々のカルドーゾは、「それは君の超自我が見せている空想だ」と切り捨て、「君の問題はまだグリーフ・ワークを終えていないことだ」と断言する。

グリーフ・ワークとは、喪の作業、癒しの作業のことだ。明確に定まった概念のように聞こえるが、実際は液体のようにとらえどころがなく、変化しやすい。時間が経過し痛みが消えるのを待つという受け身の作業だったり、死と損失と愛する人に意識を集中するという能動的な作業だったり、つまらないサッカー試合を見たりオペラに圧倒されたりという必然的に気散じの作業だったりする。ほとんどの人には初めての作業だ。ボランティア作業ではないが無報酬で、監督者がいないのに厳しさが要求され、修業の機会などないのに技がいる。それに、いったい進歩しているのかどうかがわからず、進歩するために何が必要か教えてくれる人もいない。スプリームスは『恋はあせらず』を歌い、これが若さのテーマソングになった。では、老いのテーマソングは、望みの楽器用に編曲された『悲しみはあせらず』でどうだろう。

悲しみは繰り返され、そのたびに新しい方法で痛めつけてくる。焦りが禁物であるゆえんだ。私の家へは、長年、ジャン＝ピエールというコンゴ人の郵便配達が来ていて、よくおしゃべりをした。妻が死ぬ一、二年前に別ルートに配置替えになっていたが、死後三年目のある日、偶然、再会した。久しぶりの挨拶をしているなかで、“Et comment va Madame?（奥様はいかが）”と尋ねられた。私は思わず“Madame est morte（妻は死にました）”と答え、相手が受けたショックを和らげようと、あれこれ言葉を連ねた。言いながら、ああ、フランス語でもう一度苦しみなおすのか、と思いつづけた。これはまったく新しい痛みだ。そんな、いきなり横っ面を張られるような瞬間がときどきやってくる。四年目の終わり近くのある夜、タクシーで家に向かった。十一時を過ぎていた。妻の不在をとくに強く感じる時間だ。車内で一日のことを和やかに報告しあうことはもうない。横で眠そうにしていることもない。私の手に手を重ねてくることもない。家の近くまで来たとき、運転手が話しかけてきた。当り障りのない世間話の途中、不意に陽気な質問が飛んできた。「奥さんは、もうお休みでしょうね」と。一瞬、言葉に詰まった。私は必死で答えを探し、「そうだといいが……」と言った。

もちろん、世間は愛妻家をよしとする人ばかりではない。女房の尻に敷かれているだけだとか、独占欲が強いだけだとか言う人もいる。私たちはオルフェウスを一つの模範と考えるが、古代人はちがった。そんなに奥さんが恋しいなら、さっさと後を追って冥府に下ればいいではないか、自殺という手っ取り早い方法があるんだから……。プラトンにとって、オルフェウスは意気地なしの芸人で、愛のために死ぬこともできない臆病者だった。神々が狂乱の女たちに彼を八つ裂きにさせたのも当然だ、と言った。

自分がどこにいて、下の地面がどんな状態にあるかは、ぜひ確認しておきたいが、気球からの地表観測が成功したためしはない。位置の記録を肩代わりしてくれる人はいても、そこにはよく希望的観測が入り込む。「うん、元気そうじゃないか」と言う。「とっても」が上乗せされることもある。病気用語が使われるのは避けられず、診断は単純で、いつも同じだ。だが、予後は？　これは普通の意味の病気ではない。せいぜい衰弱といったところかもしれないが、一口に衰弱といってもさまざまな形があるし、そもそもそんな状態をまるで認めない人もいる。懐疑的な人は暗に「悲しみなど振り捨てろ」という意味のことを言う。「そうすれば、死なんて最初からなかったことのように振る舞える。少なくとも、無害な遠方に遠ざけられる」と。友人のジャーナリストが、デスクで泣いているところを上司に見られた。父が六週間前に亡くなって……と、上司もすでに知っていることだったが事情を説明した。上司は「いいかげん乗り越えているものと思っていたよ」と言った。

私たちはいつ「乗り越える」よう期待されているのだろうか。悲しみに暮れる人にとって、時間は以前のように測定可能なものではなく、自分ではまずわからない。妻の死から四年経って、周囲は私に「以前より幸せそう」と言う。単なる「元気そう」から評価が一段階上がった。もう少し大胆に「誰か見つかった?」と、それが当然かつ唯一の解決策だという口調で言う人もいる。もちろん、周囲の見方はいろいろで、親切にも私を「解決」してくれようとする人がいる一方で、もう存在しないカップルに未練をもち、「誰かを見つける」ことなど反逆行為にも等しいとみなす人もいる。「そんなのは父親が再婚するみたい」と若い友人に言われたことがある。妻と長年の知合いだったアメリカ人女性からは、妻の死からほんの数週間後、ある統計的事実を教えられた。統計的に見ると、結婚生活が幸せだった人は、そうでない人より早く再婚する傾向があるそうだ。早い人は六ヵ月以内に再婚するという。励ます意味で言ってくれたのだろうが、その事実に——まあ、楽観主義が国是になっているアメリカだけのことかもしれないが——私はショックを受けた。まったく論理的であると同時にまったく非論理的だと思った。

同じ人が、四年後、「(私の妻が)過去の一部になってしまったことが腹立たしい」と言った。私はまだそこまでいかないが、ほかのあらゆることと同様、文法上の時制が変わりはじめている。いま、妻のいる場所は完全な現在ではなく、完全な過去でもない。時制的にはどこかその中間、いわば現在的過去にいる。私が妻に関わる未知のことなら、どんなことでも知りたがるのは、たぶんそれが理由だろう。まだ知らされていない誰かの記憶、妻が昔誰かに与えた助言、アニメーションでフラッシュバックしてくる妻……。誰かの夢に妻が現れれば、その人に代わって私が喜ぶ。夢の中でどんな服装をし、どう振る舞い、何を食べ、生前とどう違い、どう同じだったか。それより何より私と一緒だったかどうかを聞いて、つかの間、興奮する。一瞬とはいえ、妻が現在的過去から救い出され、まぎれもない現在に固定しなおされる。いずれ歴史的過去に滑り落ちていくのは不可避でも、それを少しだけとどめることができる。

ジョンソン博士は、悲しみの「苦しめ、悩ませる性質」をよく理解していて、孤独にならないよう、引きこもらないよう警告した。「宙ぶらりんと無関心によって命を守ろうとすることは、非合理的であり無益でもある。喜びを排除することで悲しみを締め出そうとすることは――そんなことができるものなら真剣に考える価値もあろうが――」ありえないことだ、と言った。同じく、「浮かれ騒ぐ場に（心を）強引に引っ張り出そう」とすることや、反対に、「いっそう恐ろしく悲惨な状況に慣れさせることで心をなだめよう」とするような、極端な方法にも首を横に振った。ジョンソン博士にとって悲しみを和らげるものは、仕事と時間だけだ。「悲しみは、一種、心の錆である。新しい着想が湧き起これば、湧き起こるたびに少しずつ心の錆がこすり落とされていく」

グリーフ・ワークに従事する人は、いわば自営業者だ。実際に、会社勤めや工場勤めをする人より自営業者のほうがうまくグリーフ・ワークができるのだろうか。そんなことにも統計データがあるかもしれない。だが、悲しみは統計の力の及ばない場所だ、と私は思う。「イェイツの死んだ日は寒い日だった」と、オーデンはイェイツの死について書いている。

「手元の計器はどれも一致してそう言っている」と。その日については、計器でもそれくらい言えるだろう。だが、それ以後はどうか。計器の針が振りきれ、温度計は反応せず、気圧計は破裂する。人生のソナーは壊れ、海底まであとどれほどかがわからない。

私たちは夢の中をさかのぼり、記憶の中を下る。そうすることで、過去の記憶はたしかにもどってくる。だが、もどってきた記憶は過去と同じものなのかどうか。確信がもてず、私たちはおびえる。どうして確信できるだろう。そのときその場にいた人による裏づけが、もうとれない。私たちが何をし、どこへ行き、誰に会い、どう感じたか。私たちがどれほど一緒だったか。そういうことすべてに裏づけがない。「私たち」はただの「私」に薄められ、双眼鏡で見た確かな記憶が、単眼鏡のあやふやな記憶にすり替えられる。一つの出来事に二つの記憶があれば、それぞれは不確かでも、三角測量法や空中写真測量法によって一つにまとめ上げることができるのに、それがもはや不可能だ。こうして、すべての記憶は変化して、一人称単数形となる。ある出来事の記憶というより、ある出来事の写真の記憶と言ったほうが当たっている。しかも、高さ・精度・焦点が失われた今日、私たちはかつてのように写真を信用できない。もっと幸福だったころに撮った見慣れたスナップ写真は、以前ほど「生の写真」ではない。人生をそのまま写しとった写真というより、写真を写した写真に近くなっている。

こんな譬えはどうだろうか。自分の人生の記憶――いわば自分の前世――は、フレッド・バーナビーとコルビル大佐とルーシー氏がテムズ川の河口近くで見た、あの平凡な奇蹟に似ているると言えないだろうか。三人は雲の上にいて、その上に太陽がある。バーナビーはいま大胆にも上着を脱ぎ、満足げにシャツ姿のまますわっている。三人のうちの一人が最初にある現象に気づき、他の二人の注意をうながす。見ろ！　自分たちの気球が日の光を受け、羊毛を敷き詰めたように下に広がる白い雲に映っている。ガス嚢に、ゴンドラに、三人の気球乗り――影の輪郭がじつに鮮やかだ。バーナビーはそれを「巨大な写真」のよう、と言った。私たちの人生も同じではなかろうか。あるときまで一点の曇りもなく、確信に満ちている。だが、あれこれの理由から気球は移動し、雲は散り散りになり、太陽は角度を変える。影は永遠に失われ、記憶の中に残るだけとなり、単なるエピソードに変わっていく。

ベネチアで一人の男を見た。写真に撮ったかのようにはっきり覚えている……いや、写真に撮らなかったからこそよく覚えているのだろうか。何年か前の晩秋あるいは初冬。妻と私は、市内の観光地図にない辺りをぶらついていた。妻は先に行っていて、私がどうというこのない小さな橋を渡ろうとしたとき、向こうから一人の男が歩いてくるのが見えた。たぶん六十代で、きちんとした服装をしていた。あか抜けた黒いオーバーに黒いスカーフ、黒い靴。こぢんまりした口髭をたくわえ、帽子をかぶっていた。黒いホンブルク帽だったと思う。いかにもベネチアのアッボカート(弁護士)といった感じで、もちろん観光客になど一瞥もくれはしない。だが、私は彼を見つめた。なぜなら、橋の低い頂上に差しかかったとき、男が白いハンカチを出して、目をぬぐったからだ。何気なくではなく、必要に駆られてでもない(寒い日ではなかった)。ゆっくりと、思いを込めて、私のよく知る手つきでぬぐっていた。背後にどんな物語があるのだろう、と思った。後日、何度か思い出しては、背後の物語を書こうかと思ったりした。だが、いまはその必要を感じない。あの男の物語はいま私の中にある。男は私のパターンにぴったり収まる。

寂しさの問題がある。ここでもやはり、実際は想像したものとちがう。寂しさには本質的に二種類がある。一つは、愛すべき誰かを見つけられないときの寂しさ、もう一つは、愛した誰かを奪われたときの寂しさだ。ひどさでいえば、前者のほうがひどい。思春期の魂の寂しさは、ほかに比較できるものがない。一九六四年、初めてパリを訪れたときのことを私はよく覚えている。十八歳だった。毎日、文化的義務を果たすようにして美術館・画廊・教会をめぐった。オペラ＝コミック座に——一番安い席だったが——行きさえした。堪えがたい暑さ、ほとんど見えない舞台、理解不能なオペラ……それが強く印象に残っている。地下鉄でも、路上でも、公共公園でも、私は寂しかった。よく公園のベンチに独りすわって、サルトルの小説を読んだ。たぶん、実存的寂しさか何かについての小説だったろう。私に声をかけてくれた人がないわけではなかったが、その人々に混じっていてさえ私は寂しかった。あの数週間を思い返すと、あのときの自分は上に行こうとしなかったのだな、といまさらのように思う。エッフェル塔など、ただばかばかしいだけの——しかも、ばかばかしく人気のある——建造物にしか思えなかった。だが、下には行っている。百年前にナダールがカメラを携えて下りたように、私もガイド付き遊覧船ツアーでアルマ橋近くのどこかから地下にもぐり、パリの下水道を見ている。ダンフェール＝ロシュロー広場からカタコンブにも下りている。手の蠟燭の光に照らされて、きれいに積み重ねられた大腿骨の壁や頭蓋骨の立方体が見えた。

ゼーンズフト（Sehnsucht）というドイツ語がある。英語には適訳がない。しいて言えば「何かへの憧れ」というような意味で、背後にロマン主義的・神秘主義的な広がりがある。C・S・ルイスは、これを人の心における「やみがたい切望」と定義し、やみがたいのは「対象が何であるかわからないから」とした。不明のものに憧れるとは、いかにもドイツ的だ。何か——あるいは誰か——への憧れは、一番目の種類の寂しさと言えよう。二番目の寂しさは、それとは正反対の状況から生じる。きわめて具体的なある人の不在が原因で起こるもので、寂しさというか「彼女なし」状態だ。これほど具体的な状態であることから、風呂と日本製包丁を用いた癒し計画に駆り立てられる人も出てくる。いまの私は自殺を拒否する確固たる理論武装ができているが、妻なしでは堪えられないから、堪える必要をなくしたいという誘惑は残る。だが、少なくとも当面は、耳を傾けるべき賢人の声があることを承知している。たとえば、「寂しさを癒すものは孤独」と詩人マリアン・ムーアが言っているし、オペラ中のピーター・グライムズは——すべてでお手本とは言いがたい人物だが——「わたしは孤独に暮らし、それが病みつきになる」と歌う。その言葉にはバランスが感じられ、快い調和がある。

「大切さと痛みが正確に比例している。ある意味、だからこそ痛みをじっと味わいつづけられるのだと思う」最初、この言葉の後段に私は釘を踏むような違和感を覚えた。不必要なほどのマゾヒズム、と思えた。だが、いまは真実を含んでいるとわかる。仮に痛みを味わうという言い方が正確でなくても、その痛みはもはや無益な痛みではない。痛みは、忘れていないことの証拠だ。痛みは記憶を味わい深くし、愛を証明する。「どうでもいいことなら、もともと痛みなんてない」

だが、悲しみには無数の罠や危険が潜んでいて、時間が経ってもその数が減るわけではない。自己憐憫、孤立、世間蔑視、利己的な特別視――どれもが虚栄の一つの側面だ。私がどれだけ苦しんでいるか見よ、他人がいかに理解してくれないかを見よ、私がどれだけ愛したかの証明ではないのか……。そうかもしれないし、そうでないかもしれない。葬式で人々が「大っぴらに悲しむ」のを私も見てきた。あれほど空虚な光景はない。悼みも競争になる。「わたしがいかに彼／彼女を愛していたか、この涙で証明する（そして一等になる）。「わたしはあなたより高くから落ちた。内臓の飛び散り具合を見てごらんなさい」――言葉では言わなくても、そう感じたいという誘惑がある。悲しみに暮れる人は同情を要求する。だが、首位の座を渡したくないあまり、同じ喪失について他者が感じている苦痛を過小評価する。

ほとんど三十年前、私はある小説で、六十代の男がやもめになるとはどういうことか想像しようとした。そして、こう書いた。

妻が死んでも、最初はあまり驚かない。死にそなえることも愛の一部だ。だから、妻が死ぬと、自分の愛が確認されたように感じた。やはりそうだった、これも含めての愛だった、と。

そのあとで狂気がくる。そして寂しさがくる。予想していた壮大な孤独ではないし、男やもめのおもしろい悲劇でもない。ただの寂しさだ。全地球的な何か、たとえば大峡谷の断崖を見下ろし、地層の棚の重なりにめまいするようなことを期待するが、そんなものはない。日々の仕事にも似たただの惨めさがあるだけだ……いずれ抜け出しますよ［と人は言う］……たしかに抜け出す。そのとおり……だが、列車がトンネルから抜け出すのとはわけがちがう。抜け出してダウンズを駆け下り、日の光の中を突っ走って、イギリス海峡までガタゴトまっしぐら、とはいかない。実際はカモメのように抜け出す。油膜の広がる海面から、タールにまみれ、羽毛べっとりで抜け出す。そして一生そのままだ。

私はこの箇所を妻の葬式で読んだ。本の献辞には「妻パットに」とある。地面に十月の雪が積もり、私は左手で妻の棺桶に触れて、右手で本を開いていた。本で描いた架空の男やもめは、私とは異なる人生を歩み、異なる愛を得て、異なるやもめ暮らしをしている。なのに、右に引用した文章は、ある一センテンスの数語を伏せただけで、ほぼ私を言い表している。われながら何たる正確さか、と当時驚いた。だが、ほんとうにそうか、と少しして疑いだした。私は作家として主人公の正しい悲しみ方を発明したのではなく、単に自分が抱きそうな感情を予測しただけではないのか。とすれば、ずっと簡単な作業だ。

三年以上にわたって、私は妻の夢を見た。毎回、同じ物語にしたがって同じように進行する夢を見つづけたが、ある夜、一種のメタ夢を――毎夜の夢の終わりをほのめかす夢を――見た。想像もしていない終わり方の夢だったが、よい終わり方とはすべてそうしたものだろう。この夢の中でも、それまで長く見つづけた夢と同様、私たちは一緒にいて、一緒に何かしている。開けた場所にいて、二人は幸せだ。だが、突然、このすべてが真実ではありえない、と妻が気づく。いま自分が死んでいることを悟り、だからこれは夢にちがいないと結論する。

私はこの夢を喜ぶべきだろうか。悩ましくも回答不能の最後の問いがここにある。つまり、悼みにおける「成功」とは何か、だ。思い出すことが成功なのか、忘れることが成功なのか。じっととどまることか、先へ進むことか。それとも両者のある組合せの中に成功があるのか。失われた愛を強く心にとどめ、歪みなく思い出す能力が成功か。死者が望んだであろうとおりに生きつづける能力が成功か（悲しむ人が勝手気ままに死者の望みを想像できるという意味で、これは微妙だ）。そしてそのあとは？ 心に何が起こるのか。心は何を欲し、何を求めるのか。宙ぶらりん状態や無関心状態を避け、なんとか自立することか。そして、失われた人の記憶から力をもらいながら、新しい関係を構築していくことか。それは二つの世界の最良の部分だけをつまみ食いするようなものだが、一つの世界の最悪を生き延びたばかりの人には、そんなつまみ食いの権利も許されるのだろうか。だが、権利などというものは、宇宙的な（動物的な、でもいい）報酬システムを前提としている。そんなシステムを信じることは妄想であり、虚栄にすぎない。よりによってこの世に、どうしてそんなパターンがあるだろうか。

ある種の進歩があり、その証拠が見えたと思える瞬間がある。たとえば、涙がやんだとき だ。毎日とめどなく流れつづけた涙がやんだとき。また、集中力がもどり、以前のとおり本が読めるようになったとき。さらに、ロビー恐怖症が消えたとき。所有物の処分ができるようになったとき（物事が別の結末を迎えていたら、オルフェオもあの赤いドレスをチャリティに寄付できたろうか）。だが、もっと何かあるのだろうか。このあと、私は何を待ち、何を探せばいいのだろう。そう、まずは人生がオペラから写実主義小説に方向転換することだ。そして、いまも毎日のように下を通っているあの鉄橋が、またただの鉄橋にもどること。友人を合格・不合格に選別するのに使ったあの試験結果を、当時にさかのぼって無効にすること。望むらくは自殺への衝動が最終的に消え失せること。陽気さと喜びがもどること（陽気さが以前よりもろく、喜びが過去の歓喜にはとうてい及ばないことを承知で、やはりもどってほしい）。悲しみが「ただの」記憶にすぎなくなり（そんなことがありうるだろうか！）、世界が「ただの」世界にもどり、人生がまたこの平らな地表で進行していると感じられるようになること……。

成功を測るチェック項目として、どれも一応の指標になりうると思える。だが、どんな成功にも、背後には多くの失敗とぶり返しが隠れている。ときには、痛みを味わいつづけたいこともあるだろう。そして、成功のあとに何がくるのか……。また別の問題が——その鮮明な輪郭が——背景の雲に描きだされる。悲しみ・苦しみ・悼みにおける「成功」とは、達成なのか、単なる新しい所与なのか。なぜというに、ここには自由意思という観念の入り込む余地がないからだ。目的と成果を持ち出すのは、グリーフ・ワークが報いられるものという前提に立っていて、場違いな感じがする。たぶん、ここでは病気の譬えが通用する。癌患者の調査によると、心の持ちようは臨床転帰にほとんど何の影響もないそうだ。私たちは癌と戦うと言うが、実際は癌が私たちと戦っているのであり、私たちが癌をやっつけたと思っているときも、癌は一時的に撤退して、力の再結集を図っているにすぎない。すべては、宇宙がやることをやっているだけ。人間は宇宙がやることの対象であるにすぎない。たぶん、悲しみでも同じことが言える。私たちは悲しみと戦ったと思い込む。目的意識をもち、悲しみを克服し、魂の錆をこそぎ落とした、と思う。だが、実際に起こっているのは、悲しみが場所を変え、関心を他に移しただけのことだ。もともと雲を呼び起こしたのは人間ではない。それを吹き散らす力も人間にはない。どこかから——あるいは無から——思いがけず風が湧き起り、気がつけば、私たちはまた動いている。どこへ連れていかれるのだろう。エセックスか。北海か。吹いたのが北風で、運がよければ、フランスへ流れ着けるかもしれない。

J・B

二〇一二年十月二十日、ロンドン

訳者あとがき

ジュリアン・バーンズの妻、有能な著作権エージェントだったパット・キャバナは、脳腫瘍と診断され、診断後わずか三十七日で死んでしまう。二〇〇八年のことだった。三十年間連れ添った妻をあれよあれよという間に失ったとき、愛妻家である夫の悲しみはどのようなものだったろうか。本書にはそれが赤裸々に——だが一切の感傷ぬきで——語られている。

妻に死なれたあと、バーンズはしばらく世間と没交渉のような生活をしていた。心の内を垣間見せたのは、わずかに二〇一一年、*Pulse* という短篇集を出して、その中の一篇 "Marriage Lines" で男やもめの悲しみを描いたことくらいだろうか（もうひとつ、同じ二〇一一年に出た『終わりの感覚』もあげていいかもしれない。バーンズにとって、候補になること四度目にして初めてブッカー賞を受賞した記念すべき作品だが、この作品の中で主人公の友人が自殺している。後述するように、バーンズ自身も悲しみのなかで自殺を考えたことがあり、その自殺方法がこの友人とそっくりである)。そして二〇一三年、パットの死から五年経って、ようやく本書が出版された。悲しみは――悲しみ方は――人それぞれという。死別の悲しみを、直後の怒りと絶望にまかせて書きなぐるのは、作家バーンズの流儀ではあるまい。バーンズの悲しみを語るにはやはりバーンズ独自の表出形式が必要であり、その形式を見つけるのに何年もかかったということだろう。

本書の形式は特異である。三部構成になっていて、第一部は歴史的エピソード、第二部はフィクション、第三部がメモワールになっている。まず第一部「高さの罪」では、勃興期のヨーロッパ気球事情が語られる。魅力的な人物が何人も登場する。ナダールことフランス人フェリックス・トゥルナション。熱心な気球乗りであっただけでなく、気球と写真という二つの新技術を結び合わせて、史上初めて、神の領域である上空から地表の撮影を試みた。ニーチェより早く神を殺し、神瞰図を手に入れて、世界観のコペルニクス的転回をもたらした人物とも言える。さらに、当時のヨーロッパでもっとも有名だった女優サラ・ベルナールは気球旅行の体験談を著し、イギリスの軍人フレッド・バーナビー大佐は、一八八二年にドーバーから舞い立ち、イギリス海峡を越えて、フランスまで飛んだ。

第二部「地表で」では、女優ベルナールと軍人バーナビーが恋に落ちる……というか、時代的・階級的にこの二人が出会っていて不思議はないことから、もし出会っていたらという仮定のうえに、バーンズが恋物語を書いている。もちろん、バーナビーは天にも昇る心地だ。結婚に向かって、まるで気球で雲の上を飛んでいるかのような夢見心地でいるが、相手は舞台ごとに主演男優とかならず寝るという移り気なベルナール。最後は地表に叩きつけられて、半死半生の憂き目を見る。

第一部と第二部に共通するテーマは、本来結び合うはずがないものの結び合い、出会うはずがないものの出会いである。その出会いの結果、予想もしなかった高みに導かれたり、世界が変わったりする。だが、そこには常に墜落の危険がともなう。

このテーマは第三部「深さの喪失」にも引き継がれている。ここで出会う二人は、もちろんパットとジュリアン、バーンズ夫妻である。幸せな出会いであり、以後、二人は愛し愛され、三十年間も上空を漂う生活をつづけるが、突然、大墜落の悲運に見舞われる。その後のバーンズは一転ひたすら下を向き、自分の悲しみを深く深く掘り下げる。世界の何にも関心がもてず、妻を忘れてしまったかのような周囲に怒りをぶつける。自殺も考えるが（熱い風呂、蛇口わきにワイン入りのグラス、よく切れる日本製包丁……）、自分が死ぬことで妻の記憶もすべて無になることに気づき、それは妻を二度殺すことにほかならない、と思いとどまる。とりあえず、こう生きてほしいと妻が願ったはずの生き方をしようと決めるが、自殺が念頭から去ったわけではない。

悲しみつづける生活の昇華から本書が生まれた。

妻パットが死んでから急にオペラ好きになった、とバーンズはいう。オペラは筋書が荒唐無稽で、もっとも理解しにくい芸術だとつねづね思っていたが、いまは、これこそ悲しむ人の心にピンポイントで働きかける芸術ではないかと思うようになった。筋書などは「登場人物の一人一人をできるだけ早く適切な場面に連れていき、そこでそれぞれのもっとも深い感情を歌わせ」るための方便にすぎない、と悟ったという。

本書は三部構成になっている。主眼が第三部にあることは疑いがなく、第一部と第二部はそこに至るための導入部分だが、一読すると、どちらも本論たる第三部との関係がさほど強くない。独立させるまでもなかったのでは……と思わなくもない。だが、きっとちがうのだろう。バーンズにとっては、この三部構成と各部のこの並びこそが、悲しみと苦しみを正直に吐露するために必要な筋書だったのにちがいない。

二〇一七年二月

土屋政雄

Levels of Life
Julian Barnes

人生《じんせい》の段階《だんかい》

著 者
ジュリアン・バーンズ
訳 者
土屋政雄
発 行
2017年3月30日

発行者　佐藤隆信
発行所　株式会社新潮社
〒162-8711 東京都新宿区矢来町71
電話 編集部 03-3266-5411
読者係 03-3266-5111
http://www.shinchosha.co.jp

印刷所
株式会社精興社
製本所
大口製本印刷株式会社

乱丁・落丁本は、ご面倒ですが小社読者係宛お送り下さい。
送料小社負担にてお取替えいたします。
価格はカバーに表示してあります。

ISBN978-4-10-590136-3 C0397

CREST BOOKS
Shinchosha

終わりの感覚

The Sense of an Ending
Julian Barnes

ジュリアン・バーンズ
土屋政雄訳

穏やかな引退生活を送る男に届いた一通の手紙――。
ウィットあふれる練達の文章と衝撃的なエンディングで、
四度目の候補にして遂にブッカー賞を受賞。
記憶と時間をめぐる優美でサスペンスフルな中篇小説。

CREST BOOKS

初夜

On Chesil Beach
Ian McEwan

イアン・マキューアン
村松潔訳

一九六二年英国。結婚式を終えたばかりの二人は、まだベッドを共にしたことがなかった――。遠い日の愛の手触りを、心理・会話・記憶・身体・風景の描写で浮き彫りにする、異色の恋愛小説。

CREST BOOKS

低地

The Lowland
Jhumpa Lahiri

ジュンパ・ラヒリ
小川高義訳

若くして命を落とした弟。その身重の妻をうけとめた兄。着想から十六年。両親の故郷カルカッタと作家自身が育ったロードアイランドを舞台とする波乱の家族史。十年ぶり、期待を超える傑作長篇小説。

CREST BOOKS

女が嘘をつくとき

Сквозная линия
Людмила Улицкая

リュドミラ・ウリツカヤ
沼野恭子訳

夏の別荘で波瀾万丈の生い立ちを語るアイリーン。
ところがその話はほとんど嘘で……。
女の嘘は不幸を乗り越える術かもしれない。
生きることを愛しむ六篇の連作短篇集。

CREST BOOKS

ディア・ライフ

Dear Life
Alice Munro

アリス・マンロー
小竹由美子訳
二〇一三年、ノーベル文学賞受賞。A・S・バイアット、ジュリアン・バーンズ、ジョナサン・フランゼン、ジュンパ・ラヒリら世界の作家が敬意を表する現代最高の短篇小説家による最新にして最後の作品集。

CREST BOOKS